U0737584

历史的囚徒

——著

LI SHI

DE

HE ER MENG

3

古人的浪漫与孤独

长江出版传媒

长江文艺出版社

图书在版编目（ＣＩＰ）数据

历史的荷尔蒙.3，古人的浪漫与孤独 / 历史的囚徒
著. -- 武汉 ：长江文艺出版社， 2020.9
ISBN 978-7-5702-1664-2

Ⅰ. ①历… Ⅱ. ①历… Ⅲ. ①历史故事－作品集－中
国 Ⅳ. ①I247.81

中国版本图书馆 CIP 数据核字(2020)第 121840 号

策划编辑：张远林　　　　　　　　　　特约编辑：王建兵
责任编辑：梅若冰　周　阳　　　　　　责任校对：毛　娟
封面设计：天行云翼·宋晓亮　　　　　责任印制：邱　莉　杨　帆

出版：长江出版传媒　长江文艺出版社
地址：武汉市雄楚大街 268 号　　　　　邮编：430070
发行：长江文艺出版社
http://www.cjlap.com
印刷：武汉珞珈山学苑印刷有限公司

开本：880 毫米×1230 毫米　　　1/32　　印张：8.625　　插页：2 页
版次：2020 年 9 月第 1 版　　　　2020 年 9 月第 1 次印刷
字数：195 千字

定价：45.00 元

历史精彩，不仅因为有高潮也有低谷，有热血也有温情，有彷徨也有决断，还因为有荷尔蒙。故，此书可读。

——易中天

推荐序
历史的揣摩与幽默

　　最近一些年，关于历史有很多另类解读，这些解读尊重历史，还原历史，但比原先的历史更好看，更好玩。无形中吸引读者关注国学，关注历史尘烟中的那些帝王将相、英雄好汉和文人墨客，当然，还有跳梁小丑。

　　作者是一名半道出家的历史书写者，他本科学的是新闻专业，后来直接跳读历史学博士，在四年时间里系统地修习了历史研究的方法论。

　　我曾经有疑问，一个新闻科班出身并从事新闻工作十年的人，能否真正对历史研究有所追求？至少，有他独到的感悟？

　　作者是一个很内秀的人，敏感而勤于笔头表达，而历史是需要专注和揣摩的。

　　热情成了作者最好的老师，据作者告知，过去的几年，他将阿诺德·汤因比长达百万字的《历史研究》啃了好几遍，而那是一部比较生涩的经典著作，没有一定的历史学、社会学和哲学知识储备，看起来会很吃力。

对于他理解的历史，我不敢说对历史研究有创见，但至少有他独到的感悟。他的历史网络写作，三年时间积累了数十万粉丝，我想就是因为在新媒体时代，更多的网民跟他产生了共鸣。

新闻从业经历，令他的文字快速、简洁、凝练，而跨界就读历史，使他的思维更加厚重深入。字里行间透露出的诙谐与幽默感，可以看作是他对文字和历史的一种驾轻就熟。

历史与新闻一样，是需要钻研、感悟，更需要捕捉的。辛弃疾、司马懿、诸葛亮、曹操、张献忠……这些篇章精彩纷呈，有血有肉。那些已逝去多年的历史人物，在作者的笔下重新复活，跃然纸上，很有感染力和亲和力。

作者首创的"古人访谈录"，表面随意，实则严肃。它在写实中有情感，幽默中带眼泪，之所以作者笔下的历史人物能打动人，是因为作者走心，在写作对象身上倾注了感情，由此产生强烈的代入感。

做任何事情，坚持都是最重要的，现在的这本新书，就是作者笔耕不辍，不懈坚持的一个精神成果，而精神上的发现与共鸣，是很容易传染的。

近两年愈演愈烈的国学热、历史热，彰显了中华传统文化的独特魅力。相信在未来，作者会以他独到的观察，用他的现代笔法与语言，挖掘中华历史更多的精彩。这个挖掘的过程，实际上也是寻找民族自信，增强民族自信的过程。

既好评如潮，当继续努力。

让我们拭目以待。

蒙曼

著名历史学者，五次登上央视"百家讲坛"

"中国成语大会"和"中国诗词大会"评委

自 序

疫情冲不垮人类，正如时间扼杀不了历史

1

不知不觉，写作历史已三年。

我就像一个探油工人，勘探，钻井，采油，冶炼，不知疲惫。

就连两岁的尔蒙小朋友，现在也熟悉了我的作息规律，动辄用小手指着书房，蹦出一个字，"写~"。

我觉得自己的写作，是有意义的。

所以能一直坚持下去。

历史是一种特别遗憾、不可复制的东西，它是一种十分主观的产物。

其中最主观的纪录形式，便是文字。

也就是说，它不保险。

文字表达是不可靠的，绝大多数都有粉饰或者丑化的偏向。

如果你不了解中国美学（有些还挺变态），那你很可能被骗。

但这并不是历史悲观主义。

相反，只要我们努力，完全可以不断地靠近历史。

全力抓住核心信息，让历史在现代绚烂。

2

要把历史写活，最紧要的一件事情是：尊重它。

因为我们身上流的，是古人的血，我们是他们生命的延续。

不尊重他们，就是不尊重我们自己。

有了尊重，要把历史写得好看，至少还须做到以下几点：

一是熟悉并掌握基本史料，二是从史料中拎出最重要的特征，三是熟练运用现代表述方式。

我的感受是，如果你的文字没有魅力（有人也说是文字的性感），别人很难坚持看下去，你写着写着，也觉得聊胜于无。

即使做到以上三点，从历史中挖掘精彩故事，还只是完成了一小半。

接下来，你要投入自己的感情，与古人交心谈心。

其关键是，每次写一个人，要把心掏出来，写完了，再把心放回去。

如此反复。

这是难度极大的一件事。

主要是因为，人们现在可以投入时间，可以投入经费，却很少能投入感情。

3

古人都离开那么多年了，还想跟他（她）交流，似乎有点幼稚，有点柏拉图。

其实，真的可以。

我渴望通过揣摩理解，用自己的叙述方式，最大限度还原历史现场，刻画古人心理。

整个过程奇妙又诡异，就像在为古人招魂。

有粉丝留言说，"看了一晚上你的文章，感觉有些不羁、深情，又很细腻，仿佛在写一个人的时候，完全把自己带入……看你写的文字，我感觉很容易走进他们的生活。"

我理解，这是因为人与人之间发生了最难得、最复杂的心理反应，这种反应，俗称"共鸣"。

科学研究表明，一个人的左大脑用于了解事实，而右大脑用于情感共鸣。

文字一旦带有情感，它就开始闪光。

只要你展开想象的翅膀，走进历史的尘烟，你也能与古人共鸣。

人同此心，心同此理，它与时间空间无关。

4

不得不说的，还有难得的幽默感，我常为它抓狂。

进入社交时代，幽默感成为其最重要的一个特征。

请注意，我说的不是低级搞笑，也不是强行创造幽默，而是灵光一现，令人会心一笑。

词典上解释说，所谓"幽默"，形容一个人或一件事有趣或可笑，但更可贵的是意味深长。

读者看完诙谐的句段，在那儿久久不得释怀，这样的幽默才是有生命力的，在描述古人的时候，为让读者更快记住他，更深体会他，我总会创造一些幽默的场景和语言。到现在为止，我还没有找到任何一个方法，可以像幽默一般，迅速地纾解繁琐和苦难。

这也是我在写作的过程中，极其推崇幽默叙述的原因，甚至称它为我写作的"灵魂"。

我还说过，如今知识遍地，人们的求知欲得到空前满足，但焦虑感和无力感也接踵而至。

所以，现代人不求解惑，但求解烦。

解烦，只有幽默可以做到。

5

所有的这些做完了，还有一个坚持。

未来是模糊的，谁也不知道会发生什么，你只能拿着手电，走一米看一米。

唯有坚持，你才能看到千里之外的景色。

无数人跟我说，坚持下去。

我听大家的，现在写了近三百篇。

以前读书的时候，语文成绩很好，作文写得很带感。

后来在媒体行业混饭吃，开始大家都从小消息写起，我却偏爱大块头文章，感觉写起来特别像一个记者。

再后来学会了个人化的叙述方式，更加乐此不疲。

在十年前出版的一本书里，还特别声明我的追求——不敢言创举，但绝不人云亦云。

6

有一件事不得不提，即我的写作都是正能量的。

正能量这东西在历史中，在现实中，其实是处处可见的。

只是有很多人看到的，是生活中的阴暗和不如意。

有人说，好事不出门，恶事传千里，我并不同意这种说法。

相反，正能量拥有强大的传播力和感染力。

在已经完成的对一百多个古人的写作中，大多数主人公都有一颗天真善良的心。

他们在现实中踉踉跄跄，摔了不少跟斗，但从未改变他们的热爱——爱国家，爱故乡，爱朋友，爱这个世界上的一草一木。

他们甚至不会去恨其他人，包括曾经严重构陷他们、差点让他们死于非命的人。

作为中国人的生活偶像，苏东坡就是这样一个人。

他的大度，他的沉郁，他的悲天悯人，总是让后世读者感动万分。

有那样的人生境界，才能写出"十年生死两茫茫""大江东去，浪淘尽"和"但愿人长久，千里共婵娟"。

苏轼如此，其他人又何尝不是？

嵇康、陶渊明、李白、李清照、柳永、李煜……

这样的名单可以开出一长串，他们全是在逆境中站起来的人。

正像我在《唐伯虎的风中零乱》里所写的——一个人在逆境中的奋起，远比在顺境中的成功更能打动人，人的精神力量无限。

7

每个人都希望，自己的人生顺顺利利，平平安安。

不过很多时候，平安、平淡乃至平庸生活的代价是，你可能一辈子都无法抵达自己理论意义上可以到达的彼岸。

这绝不是倡导苦行主义。我一个大学同学说，他一生中最顺利的时候，就是他一生中最黑暗的时候，他一生中最坎坷的时候，就是他一生中最闪光的时候。

这句话说得很有哲理，虽然看起来有点别扭。大家可以好好体会一下。

感谢大家，荷尔蒙前两集卖得超乎意料的好。

既然得到那么多人的喜爱和鼓励，未来我还会不停地写下去。

很多人都有自己偏爱的历史人物，为其 idol 的遭遇叹息、不平、流泪。

从这方面来说，历史并不是虚无飘渺的。

它一直在我们的血液中流动，有时候还很冲动。

8

我想以三则粉丝留言结束这篇文章。

——"我看过很多评写辛弃疾的文章，却独爱这一篇，爱不释手！也在囚徒的文字中找到了与自己对历史相似的想法与情怀！于是疯狂地将囚徒的公众号推荐分享，我觉得，每一个认真严谨的历史解说者更应值得尊重。"（同师长月）

——"看你的每篇文章都笑了，文字行云流水不足为奇，但幽默的灵魂弥足珍贵，你对历史的感悟和人物的揣摩都很精准，悲凉的历史在你不紧不慢的讲述中变得生动鲜活而有温情，大概我会取关其他所有公号。"（just destiny）

——"今天是感恩节，作为数十万粉丝中的一员，要跟先生说声谢谢，认识先生以来，最大的改变就是有了用语言表达情感的欲望，这是多么奇妙的感受。可能先生在古人身上投注的感情越多，写出来的故事就越感人，甚至会影响当下的三观和生活态度？"（张京）

9

疫情没有冲垮人类，正如时间无法扼杀历史。

时间是个杀手，它不舍昼夜，剥夺我们的生命，但它抹杀不了我们的精神成果，

再次感谢遇到你们。

有人把幸福诠释成有房有车、有名有权、有钱有势。

其实幸福更是一种无，无忧无虑，无病无灾，无欲无求。

历史是有形的，更是无形的，重重叠叠之下，它抽象成了一种心情。

我们一定要好好运用这种心情。

是为自序。

（此外，考虑到我的读者中，出现越来越多的小朋友，所以我与一家出版社合作了系列童书《5 分钟爆笑古人——写给孩子的中国史》，第一册主要写唐代，最近将出版。该书一半漫画一半文字，保持了幽默轻松的叙述方式，感兴趣的朋友，敬请垂注）

一稿于 2017 年 12 月 13 日；
二稿于 2019 年 4 月 8 日；
三稿于 2020 年 7 月 11 日。

目录

CONTENTS

因为爱情

惺惺相惜

别样年华

古人心事

谁主沉浮

戏精王莽：欲当皇帝，先当影帝

1

如果历史有记忆，那公元 295 年绝对是水火交困的一年。是年夏天，荆、扬、兖、豫、青、徐六州同时爆发水灾；到了十月，一场不期而遇的惊天大火，又将洛阳城的国家武器库烧得一干二净。现场指挥救火的大臣名叫张华，他很想扑灭那滔天之火，又怕有人趁机作乱，抢劫兵器，犹豫之间，丧失了救援的最佳时机。有关部门火速成立事故调查组进驻洛阳，表示要一查到底，绝不姑息。但搞了一整年，也没什么头绪。只知道，在这场大火中，两百万件兵器没了。

2

武器没了，可以再造。但在那场大火中，武器库里的一批宝物同时被焚毁，晋惠帝司马衷捶胸顿足。那批宝物中最珍贵的，要数下面三件国宝。一是孔子曾经穿过的木拖鞋，二是汉高祖刘邦斩白蛇时所用的宝剑，三是"王莽头"。

……

公元 23 年之后，作为一个篡国者，王莽的头颅意外成了历代统治者的最爱。

王莽时期的嘉量

他们努力用这个人的头颅警醒自己，隔三岔五去瞻仰一番，反思自己为政方面的过失，东汉的皇帝们还想利用头颅来警告天下——不要图谋不轨，否则与王莽一个下场。可是这又有什么用，接下来的曹魏和西晋，无一例外都是权臣坐大的产物。著名武夫曹操也曾拥有这个头颅，据说，杀人如麻的曹丞相之所以迟迟不称帝，长时间"挟天子以令诸侯"，就是因为王莽头颅的警示。

3

后世的统治者们，不知道看到王莽头颅时，内心有什么感想。那空洞的眼窝里，当年曾射出热情而狡黠的光芒；灰硬的头盖骨里满是主意，这是王莽改革的策源地。因为思维太超前，他也被认为是"从现代社会穿越回去的人"。他的改革举措，不管是土地国有、鼓励贷款、廉租房制度，还是发明游标卡尺、制造飞行器、亲自解剖人体，都是超赞的。要知道那是两千年前，地球上有些人，身上的毛都没褪干净。可是所有这些，都没能挽救他的短命王朝，他创立的新朝只存在了十五年，跟嬴政的秦朝一样。

在王莽统治后期，社会动荡根本按压不住，各种天灾也接踵而至，将这位篡权者压得透不过气来。他曾经率领四十万大军去镇压起义，却被军力只有二十分之一的对手打得满地找牙。无奈，公元23年，王莽身着盛装，在首都南郊举行哭天大典，他想求诸上天，但老天再没给他厚爱。

王莽时期的货布

……

不用找原因，覆亡的结果，很忠实地反映了当时的人心向背。跟项羽一样，他的结局很是悲惨，头颅被砍下，身体被分尸（因为士兵们要抢去邀功，论斤奖赏）。起义军领袖刘玄（更始帝）顺应民意，将王莽的头颅挂在宛城（南阳）示众。各地群众闻讯赶来，唾骂的唾骂，扔石头的扔石头，有些冲动的群众，还把他的舌头割下来生吃（"共提击之，或切食其舌"）。以前，他是圣人，现在，他从神坛上跌下，变成了禽兽。

4

崛起之初，他是清醒的，身上有数不清的优点。

他是个学霸，一般来说家庭富有，学习的压力就很小，但王莽的功课抓得很紧，成绩永远是第一名；

他是个孝子，由于父亲王曼死得早，他把所有的孝心都给了母亲，以及姑姑王政君、伯父王凤等人，伯父王凤病重时，他亲尝汤药，通宵达旦、衣带不解地照顾，历时好几个月（后来王凤果然向皇帝力荐王莽）；

他是个好官员，在这方面事迹比较多，够写一本长篇报告文学，本文只列举主要情节如下。在自己的封地，他出台了不少照顾百姓特别是弱势群众的政策，建言太后带头过俭朴生活，自己又从积蓄中献钱百万、田三十顷救济民众，百官群起效仿。每次遭遇水旱灾害，王莽只吃素食，不用酒肉。元始二年（公元2年），全国大旱，并发蝗灾，受灾最严重的青州，百姓大量流亡。在王莽带头下，二百三十名官民献出土地住宅救济灾民，长安城中为灾民建了一千套安置房。王莽个人极其俭朴，很多人曾看到他身穿补丁衣服上朝（上面不止一个破洞）。一次，同事们到王莽家吃饭，发现王夫人穿着十分简陋，还以为是他家的奴仆。他行为检点，脾气极好，几乎不怎么生气，虽然三十岁即被封为新都侯、光禄大夫，成为皇帝的侍卫近臣，但为人极低调、极谦虚，遇到谁都一口一个"老师"。为了跟名士交朋友，他不惜捐出所有受赏赐和封邑的收入。

……

从各方面看，他都是一个出淤泥而不染的"官二代"，一个有前途有理想的杰出青年。一时间，王莽的好名声响彻民间，简直无法再完美。

5

但压缩时间再看，这种完美根本经不起推敲。这一点，在王莽之后八百年，著名诗人白居易曾作过客观评价——

放言五首（之三）

赠君一法决狐疑，不用钻龟与祝蓍。

试玉要烧三日满，辨材须待七年期。

周公恐惧流言日，王莽谦恭未篡时。

向使当初身便死，一生真伪复谁知。

白老师的意思是，评价一个人，时间越长越客观。周公虽然绯闻多，但他一生忠君爱国；王莽表面工作做得好，造反后才知道他有那样的狼子野心。

原来，一切都是装出来的。欲当皇帝，先当影帝。

他是一个极具表演天分的戏精，不比刘备、曹操和司马懿等几位男演员差劲。为了使表演更真实，他还不惜杀子作秀——他的二儿子王获曾杀死一个家奴，在当时这没有什么大不了的，但王莽反复责罚王获，逼迫其自杀。元始三年，他又杀掉了长子王宇。

......

其实囚徒也能理解，那个时候，王莽不装，根本没有办法活下去。虽然家族显贵，但父兄及大哥早死，他无所依傍，严重缺乏安全感。姑姑王政君对他来说，是一辈子最关键的人物，但作为汉元帝刘奭的皇后，王政君一度并不得宠，后来太子顺利接班，母以子贵，地位才开始稳固。王氏外戚得以坐大，极盛时期，王氏家族"一门九侯五司马"，权倾朝野。

6

王莽能夺位成功，还要感谢同龄人赵飞燕，就是"燕瘦环肥"里的那个 A4 腰的大美女。赵飞燕为了独霸汉成帝刘骜，开发了很多床上娱乐项目，为了肥水不流外人田，后来她还把妹妹赵合德也招进宫来。这是个心思缜密的女人，宫斗的圣手，后宫里凡是有生育迹象的妃子，不出几天必定死亡。刘骜一味淫乐，很多工作都交给了王氏外戚，权力逐渐旁落。

……

王莽的第一个重要职务是三十八岁时就任的大司马（天下兵马大元帅、武装部队总司令），这个职位是上一任大司马、伯父王根推荐的。为了得到这个职务，他经历了一场暗战，因为他面临着一个强有力对手的挑战，那个人叫淳于长，是他的亲表哥。为了扳倒淳于长，王莽秘密搜集黑材料，在人事交替之际忽然发难。黑材料里最劲爆的，还数淳于长与被废的许皇后私通。很快，淳于长被免除一切职务，后来离奇地死于狱中。唯一的障碍被清除了。

7

一年后（公元前 7 年），四十四岁的汉成帝因为中风，死于长安未央宫，接下来的汉哀帝、汉平帝等，都成了跑龙套的，执政时间不长，都奇怪地早死。王莽将权力越抓越牢。他一向重视庙堂、民间舆论建设，投了不少钱，培养了不少骨干。有一次，各地居然有四十八万群众集体大签名，要求朝廷重用王莽，大司徒陈崇为宣传王莽，反常地上疏皇帝，称王莽的功德可与古代圣人相比。其实所有的请愿和推荐，都是王莽暗中策划的，一面策划推动，一面极力推辞，显得高风亮节，不恋权力。

……

公元 8 年春天，从权力、舆论各方面看，王莽离皇位只差一步。他充满信心地跨出了那一步，那是他个人的一小步，却是历史的一大步，西汉从此终结。

曹操：挥舞倚天剑的那个晚上

1

东汉末年，不知道为什么，看相特别流行，也就是通过人的相貌，来判定人的能力和个性。当时有个叫许劭的看相高手，他和堂兄许靖每个月都要召开看相沙龙，频繁进行人物品评，他们甚至影响到了当时的社会风潮和官员升迁。对此，曹操是不以为然的。

众所周知，曹操的外貌长得比较马虎，不那么英俊，但是，他有强大的内心、铁血的性格。名满天下之后，他曾故意让一个高大帅气的下属接待外国使臣，自己偷偷在一旁做卫士，结果那个使臣对他的下属评价一般，却对这个气场强大的卫士印象深刻，从此，曹操就不再介意自己的外貌。

2

南征是曹操谋划了好几年的事，准确地说，有八年了。时间闪回到公元200年的官渡之战，那一仗打得极其艰苦，死了不少人，明枪暗箭之下，有几次曹操都差点没命。他当时的对手是河南周口人、大胖子袁绍，也就是说，官渡之战其实是一个安徽人与一个河南人的战争。

赤壁风景图

　　自曾祖袁安发迹，袁家苦心经营了一百多年（"四世居三公位""门生故吏遍于天下"），到袁绍这一辈，更加重视枪杆子建设，倒卖军火，控制专卖。公元199年，袁家打倒割据幽州（今河北北部及辽宁一带）的大帅哥公孙瓒，终成国内最大的军阀，拥兵数十万，战马万匹。有这样的实力，袁绍一时难免骄傲，他的下一个目标就是曹操。曹操当时能拿出来参战的人马不满一万，且百分之三十为老弱伤兵，后勤装备是游击队水平，根本不经打。可就在对比如此悬殊的情况下，曹操居然打赢了，很多人想不通，几十个人打一个，还打不赢？其实战争就是如此，充满各种不确定性。

　　面对袁绍那样的强敌，曹军将士都认为，应该再积蓄两年再说，但曹操等不了，他已经四十四岁，眼看进入老年。这位历史上著名的军事家，向全军作了一次阵前演说，在他看来，袁绍有成大事的野心，却不具备相应的智慧；表面乍呼其实胆小；兵多将广，却是一堆散兵游勇。他还看到袁绍的三个儿子互相不和，后来的事实证明，这是战胜袁绍的最关键因素……发表演说的那个黄昏，连曹操自己都陶醉了，"他们的粮草和武器，其实都是为我们准备的！我们还等什么呢?"全体在场将士内心激荡，发出参差不齐的吼声。

演讲结束，曹操目光如炬，拎起一壶酒，仰着脖子一饮而尽。杀气，挡不住的杀气。

3

曹操敢跟袁绍开战，不是信口开河，说着玩儿的，这毕竟是玩命的事，经过细致调研和分析，他心里已经有谱。

当时他手下，除了郭嘉，还有荀攸那样的军师。荀攸是一个非常热血的人，参加工作较早，曾因密谋刺杀权势熏天的董卓而入狱。

当时跟荀攸一起被抓的，还有一个叫何颙的人，入狱后十分紧张，因没有顶住压力而自杀，但荀攸同志的神经比较大条，即使身在死牢，也是该吃吃，该睡睡，没事还练练字。对这一点，曹操是服气的，他早盯上了这个比自己小两岁的读书人，他评价说，荀攸的智慧是可以追赶的，但他装傻的功夫，没谁能比得上（"智可及，愚不可及"）。

不久，董卓被王允、吕布弄死，荀攸大摇大摆地走出了监狱。事实证明，这是一个很有才华的年轻人，行事周密低调，计谋百出，正是在他的帮助下，曹操得以生擒当时天下"第一猛将"、风流英雄吕布。说起来，曹操能称霸北方，荀攸是当仁不让的第一功臣。

不仅如此，当时曹操手下，还有关羽那样的猛将。关羽在一次战斗中成了曹操的俘虏。曹操有个爱好，喜欢那些有才华的俘虏，他将关羽当成左膀右臂，没事就登门拜访，嘘寒问暖。关羽也是个知恩图报的人，战斗刚打响，他就在阵前将袁绍帐下大将颜良斩首。那是令人窒息的五分钟，双方几万名将士见证了那铁血的一幕，袁军士气大挫，曹操尽得先机，彻底歼灭袁绍主力部队。

如果说公元184年，曹操在剿灭黄巾军的战斗中初露头角，那官渡大战令曹操一夜成名，东汉大地每个角落，都开始流传他的故事。

4

可是，这才过了几年，形势就完全变了。是的，这几年曹操做了很多事，干大事，无非钱和人，曹操在北方大兴农田水利，大搞经济建设，妥善安置流民，还选拔了不少优秀人才。

作为一个职业军人，他深知枪杆子的重要性，他经历过几个狠角色，有老奸巨滑的董卓、士人武力的代表袁绍、"第一杀手"吕布，以及异常勇猛的南匈奴人。他学会了迂回，学会了小心翼翼，即便如此，他也数次受流矢之伤，夹杂在几派力量中，稍有不慎，就可能粉身碎骨。

官渡之战还在进行、北方尚未平定，曹操的目光，已经迫不及待地转向南方。南方，物产富饶，美人众多，他手下的几员大将，早就忍耐不住，整天吵嚷着，要"打过长江去"，他何尝不想？

官渡之战后，他又苦心经营了七年，兵力达到三十万之众（为了恐吓对手，对外号称一百万），在那个靠拳头说话的年代，这意味着什么，不言而喻。南征，也是理所应当的。

5

他觉得，能威胁自己统一大业的，只有南方的孙权和刘表，嗯，西北方向的马腾可能会闹腾点事，但不会成大气候。在之前的中国历史上，长江流域从来都不是大型战争的发生地，所以，政治军事中心，总是北方城池的专利，只要打到长江，就是创造历史！

进入公元208年，备战已悄然加速。首先，曹操在邺城开凿玄武池，大规模训练水军，派张辽、于禁等驻兵许都以南，形成南征之势；此外，以汉廷名义，将西北的马腾作为人质迁到邺城；为了树立个人权威，他亲自下令，残酷地杀害了孔子的后人、著名公共知识分子孔融，而且是满门抄斩，一时间，众士诺诺。

作为一枚中年文艺男，曹操还以重金从匈奴赎回著名作家、音乐家、书法家蔡文姬，文艺界一片欢腾，曹操在文人心目中的地位也骤然提高。但是，机关算尽，他唯独漏算了一个人，其实很多事情是无法算计的，天意更加不能，那个人的名字，叫诸葛亮。

就在刚刚过去的公元207年，发生了一件惊天大事，日后再怎么解读，都不为过。当时那还是件小事，它影响了整个中国的未来——刘备带着他的拜把子兄弟关羽、张飞，赶赴襄阳，三顾茅庐，他们的目的，就是请二十六岁的诸葛亮出山。这个后来成为"谋圣"的人，成了曹操统一天下最大的障碍，此乃天意。

6

为避免引人注意，当时刘备的很多活动都是半地下的。曹操正处于人生巅峰，也不会紧盯刘备那样的小人物，跟什么人喝了酒，聊了天，更何况，当时老曹已经被一个好消息冲昏了头脑——前敌指挥部加急电报称，曹军的先锋部队刚到新野（今河南南阳），荆州的一把手刘表就被活活吓死了。当然，刘表的身体本来就不好，高血压、糖尿病、冠心病，还有类风湿、支气管炎。

夏天的风，本来是极为凉爽的，但在主和派们看来，这年夏天刮过荆州城的风，带来了曹军刀戟上的寒光。刘表的继承人、二儿子刘琮公开表示，他不想跟曹丞相过不去，他想跟曹老师好好的。"我不喜欢战争，只爱和平，"他小心翼翼地说，"请问曹丞相，荆州能免于战火吗？"

当时荆州幅员辽阔，大概是现在湖北省面积的三倍。要说兵力，也有八万之众，本来曹操都制定了特别详细的作战计划，准备打场恶仗，现在，居然不费一兵

（明）戴进 绘《三顾草庐图》

一卒就得手了？听完战报，曹操有点乐不可支，他抽出倚天剑，哈哈哈大笑几声，开始在后院挥舞。那柄倚天剑十分锋利，极为稀有，是他在袁绍的老巢找到的，"天下人心，归曹矣！"他从未有过的笃定。

悲情曹操：一代奸雄的至暗时刻

1

公元 208 年真是一个神奇的年份。这一年，曹魏王朝掘墓人司马懿的长子司马师出生；孔子的第二十世孙、一贯喜欢胡评妄议的公知孔融被杀。

我一直想不通，孔老师四岁就懂得让梨，成年后却以刚人为生，一点也不给别人台阶下。父亲孔宙去世的时候，孔融只有十三岁，因悲伤过度，需要人扶才能站起来，以孝闻名天下。

这是个硬骨头，对曹操的每次征讨，孔融都要唱反调，甚至在各种会议、论坛上影射曹操，建议还权于汉。因为过于狂傲，这位"古代第一神童"不久就被曹操处死，通报上写的是"招合徒众""欲图不轨""谤讪朝廷""不遵朝仪"。最后一项罪名的意思是"没大没小"，实在没有说辞，随意找了一个。不仅如此，孔融还被满门抄斩，"覆巢之下，安有完卵"说的就是那段悲惨的故事。

这一年对五十三岁的曹操来说，毫无幸福感可言，他将迎来人生的至暗时刻，他从来没饶过光阴，光阴同样没有放过他。

2

这年春天，曹操志得意满，跃上一个新台阶，开始担任东汉丞相。其实没有什么必要，当时的天下，已经是他说了算，他想当什么官就是什么官。"挟天子以令诸侯"让他穿上了合法的外衣，曹操甚至觉得，自己就是拯救天下百姓的"苍天"。

……

多年思虑忙碌、南征北战，曹操的身体不堪重负。进入初夏，他的偏头疼刚刚好一点，就陷入了更大的危机——他的小儿子、十三岁的曹冲得了一种怪病，全身发抖，气息急促，所有的医生都束手无策。"华佗呢？"那天晚上，曹操情急之下，大声吼叫，卫士和幕僚们瑟瑟发抖，刚吼完，他就后悔了。

他身边集聚着天下最优秀的人才，神医华佗也在其中，可惜，一个月前，华佗已经被他斩首。事情缘于他的头痛，这是他多年的老毛病。说来奇怪，他有时候会感激头痛，即使在官渡大战那样的重要时刻，头痛不仅没制造麻烦，反而令他更清醒，发病时，他会让华佗替自己按摩头部，或者吃点草药纾解疼痛。进入208年，他的头痛更加厉害，发病也更频繁，令人难以容忍。

华佗是个优秀医生，江湖上传说，他掌握的偏方就有一百五十六个，这让他很是自信。有一天，他向曹操提出了一个大胆的设想——开颅手术。

"这样的手术你以前做过吗，有把握吗？"曹操有点吃惊。

"从未做过，不敢说肯定成功，"华佗回答道，"手术之后，丞相有可能长期昏迷、偏瘫、失语或癫痫……"

"够了！"曹操几乎是在怒吼。

"但是丞相的病，再也拖不得了！"华佗又说。

曹操默不作声，足足有一分多钟，"把脑袋锯开，一定很疼吧?!"他问。

"丞相忘了吗，我会全身麻醉！"华佗拱了拱手。

华神医未免太超前了，须知现代意义上的开颅术，也是在1897年才出现的。曹操开始怀疑他的忠诚。

3

战吕布、平袁绍、征乌桓……经过近十多年来的激战，曹操的威名已经震动天下。这些年，他结下了不少仇家，这让他的睡眠很差，头发不停地掉，曾几何时，一头漂亮浓密的头发，曾经是他的骄傲。他缺乏安全感，总觉得有人想索他的命。一千五百年后的雍正，也有这种强烈的担忧，他曾对身边人说，"总觉得有刁民想害朕"。这些疑虑，医学上统称"被迫害妄想症"。

华佗是他的老乡，同样来自安徽亳州，跟随他已有十多年，照理说，这样的人应该是令人放心的。但是，除了头痛病，曹操的疑心病更加严重。在华佗提出治疗方案的第二天，他就将这位神医关进了大狱。

魏武王常所用挌虎大戟

"谁在指使你？"审讯者问。

否认只会招来一顿毒打，大概过了两三天，华佗就死掉了。

……

许都的初夏，已经闷热不堪。曹操在院子里一直踱步到深夜，他不停地叹气。以前任何医疗问题，他总是第一时间交给华佗处理，可是现在，再也不见那个老头干瘦的身影、自信的笑容。他一生杀的人，根本数不过来，杀人后，他也很少后悔，可是，现在他却开始想念华佗。如果可以，他愿意用一切代价来换回幼子曹冲。

"孩子，我还没来得及带你看这个美丽又易碎的世界！"

4

公元 208 年，曹操已经有二十五个儿子，看起来挺多。但是曹操是个苛刻的人，即使是自己的孩子，只有那些像自己的人，他才多看两眼，在他们身上，感觉自己的生命确实得到延续。长子曹昂早逝，其余孩子里，最令他印象深刻、寄予厚望的，无非三子：曹丕、曹植、曹冲。曹丕是嫡长子，出生的时候，曹操觉得时局难以判断，正在家乡隐居，曹丕十岁不到就随他到处征战，勇猛非常，他觉得这个孩子在治国用权方面，最像自己；曹植比曹丕小五岁，继承了父亲的文学才华，写过神秘的刷屏级作品《洛神赋》，感动了无数人，曹植唯一的缺点是任性散漫，且嗜酒；曹冲比曹植又小三岁，颇得曹操疼爱，因为他不仅聪明，而且仁慈。相比以上三人，其他子女就显得平庸很多，而平庸，恰好是曹操最不喜欢的。

他为什么最青睐曹冲？如果你有这样一个儿子，你也会喜欢得不得了。曹冲（公元 196 年—公元 208 年），字仓舒，曹操和环夫人之子。说起三国时期的女人，大家只知道貂蝉、甄宓、大乔、小乔、甘夫人，其实这个环夫人，才是真的"一笑倾三国"。

曹冲很是聪明。有一次，孙权送来一只进口大象，还让使臣故意挑衅，问如何能测得该大象的重量。由于大家平常主攻打仗，文化水平都不高，朝堂之上，居然没有一个人答得上来。当时不到十岁的曹冲说，这还不容易吗？"把大象放在船上面，等水痕淹到船体上刻下记号，再称同等重量的物品装在船上，不就知道大象的体重了吗"？所有的人都惊叹不已，东吴使臣再也无话。

关键是，这样一个聪明的小孩，对人还特别好。曹操的最大癖好是杀人，没有人能挡住他，但是曹冲可以。曹操几次对群臣夸耀曹冲，隐隐透露出，想让他做继承人。可是，现在这个最令他骄傲的儿子却莫名早夭。他这么一个异常孤傲的人，也不得不向老天爷低头，苦苦哀求（冲疾病，太祖亲为请命。及亡，哀甚）。

曹丕过于强硬，曹植过于任性，而曹冲居于其间，这个孩子，是老天对他多年努力的厚爱。谁曾想，老天只是想跟他开个玩笑，早早就收回了这个骄子，这对他的打击实在太大了。

5

中国历史上，凡是一直被老皇帝看好的儿子，不管是太子还是接班大热门，一般都很惨，死于非命者居多，因为，围绕权力展开的阴谋，实在太密集，古往今来，留下无数悬案。

对于曹冲的死因，曹操不是没调查过。有密探向他报告，曹丕的嫌疑很大，因为根据惯例，嫡长子继承大业是天经地义的，可是曹冲抢了风头。《三国志》中也提到，文帝宽喻太祖，太祖曰："此我之不幸，而汝曹之幸也。"意思是，曹丕看到曹操很伤心，说了几句安慰的话，但曹操生气地说："（曹冲之死）是我的不幸，却是你的幸运。"言下之意，令人遐想。

还有人举证说，是周不疑杀了曹冲。周是荆州人，是与曹冲同龄的天才，曹操平定荆州后，觉得周不疑以后会是影响天下的人物，将他带回许昌，曹操甚至想把其中一个女儿嫁给他，但是周不疑拒绝了。这可以理解，毕竟周的整个家族一百多人，都是被曹军攻打荆州的时候屠杀的。很多人劝曹操，不要养虎为患，但特别爱才的曹操不死

（唐）阎立本 绘《历代帝王图》之曹丕像

心，将周不疑安排在曹冲府中当差，希望周不疑有朝一日能为曹冲所用。可是，将周不疑送过去没几天，曹冲就死于非命，这也太巧合了。

6

因为怕曹冲在地下孤单，曹操又主持了一个大型仪式，为儿子配了一宗历史上有名的阴亲，对方是一户人家已死去的女儿，与曹冲年龄相仿。曹操毕竟是从死人堆里爬出来的，他内心很是明白，只要一刻不战斗，危险就会快速积聚。在曹冲的追悼会后，他一天都没有休息，就打开军事地图，召集众将开会，作为军人，

他实在没有时间悲伤，或者说，悲伤对他来说是一种奢侈。

这次的打击目标，早就定了，是南方的孙权和刘备，为此，他两年多前就开始在许昌和邺城操练水军。北方已经平定，环顾天下，似乎再也没有什么威胁，此战只要拿下这两个小政权，他的霸业，也就成了，整个天下，将会姓曹。但是，他根本没有预料到，自己将要遭遇的，是人生中最大一次失败。

这一年有他的雄心壮志，也有他的伤心和屈辱，他至死都会记得。

杨坚：吾貌虽怪，独孤求败

最近问过大家，都想看谁的故事，收到的回答一大堆，千奇百怪。有的问"鬼谷子是一个人还是一个团队"，有的问"为什么毛主席的《沁园春》提到宋太祖却不写朱重八，只是为了押韵吗?"说实话，很多历史问题都似是而非，没有标准答案。我也没想过给大家一个结论，只是提供一些片断，臆想一些现场。

还是比较惊讶，我将要介绍的这个男人，没有任何人提到。

其实他的故事也是一箩筐。他活了六十三岁，在古代皇帝中算长寿。更重要的是，他的一生没有虚度，绝对是开挂的一生，战斗的一生。

1

他的名字叫杨坚。

人们只记住了他儿子杨广的荒淫无道，却淡忘了他的丰功伟绩。躲在历史的角落，长达一千五百年的尘烟，令他面目模糊。为什么这个人值得写呢？因为从收集的资料看，他的历史地位和价值被严重低估了。

据说远在欧洲的拿破仑对他情有独钟。一次接受采访，记者追问他的偶像，拿破仑不假思索地吐出两个名字，一个是亚历山大，另一个是来自中国的杨坚。

杨坚？几个法国记者一脸懵逼，赶紧去查资料。资料是这么说的——杨坚，男，中国隋朝皇帝，生于公元 541 年 7 月 21 日，卒于公元 604 年 8 月 13 日。陕西华阴人。广大汉族人民应该感谢杨坚，因为在那个年代，少数民族控制着中国，汉族地位低下。有点权势的汉族人，会被赐姓。杨家就被西魏皇帝赐姓"普六茹"。被当局赐姓很荣耀，但又非常别扭。

2

杨坚的相貌奇特，很多史料对此进行了不厌其烦的记载。外貌，给他带来很多困扰，甚至带来死亡风险。《北史》记载，杨坚"美须髯，身长七尺八寸，状貌瑰伟，武艺绝伦；识量深重，有将率之略。"上面这段古文，大意是英明神武，帅气无朋。囚徒认为，专业修图是史官们的职责所在，不要太苛责他们。

更可信的是下面这段历史轶事。公元 583 年（陈朝至德元年）底，后主陈叔宝素闻杨坚状貌异常，让手下画其模样。一见之下，极其惊惧，"吾不欲见此人！"当场将画扔到地上。陈叔宝不是杨坚吓坏的第一个人。小杨降生时，据说屋内到处冒紫气。古人认为紫气是一种祥瑞之气，常附会为帝王、圣贤出现的预兆。这个杨家刚出生的胎儿，"为人龙颔，额上有五柱入顶，目光外射，有文在手曰王，长上短下"。由上面的描述可以看出，杨坚额头突出，有五个隆起的部分从额头直插头顶，下颌很长、目光犀利、掌纹似"王"。这样的相貌让他亲妈也吓一跳，差点失手将他摔在地上。

相面术在我国历史悠久，最早产生于氏族社会，完善于春秋战国，其主要作用是通过察看一个人脸部的某些特征，来判断其命运吉凶。相士们认为，人的面部好像一个高深莫测的密码集成版，注明了一个人一生的富贵荣辱。当然也包括通过这种技术来识别一个人隐藏的内心。杨坚特殊的容颜，差点给他招来杀身之祸。

二十七岁（公元568年）时，父亲杨忠去世，杨坚承袭父爵。齐王宇文宪很会看相，没事就会琢磨业务。他对武帝宇文邕（yōng）说："普六茹坚相貌非常，臣每见之，不觉自失，恐非人下，请早除之。"大臣王轨说得更直接，"杨坚貌有反相"。宇文邕咨询大臣来和，来老师比较油滑，想给自己留条后路，谎称"杨坚可靠"。宇文邕不放心，又派大相士赵昭

(唐) 阎立本 绘《历代帝王图》之隋文帝杨坚

出马。他不知道，赵昭与杨坚私交甚笃，一份假情报再次呈送到他的御案之上。赵昭劝说宇文邕："皇上不必多虑，杨坚的命，最多不过是大将军。"宇文邕若有所思，自言自语道："如果真是天命注定，那也没有办法啊。"这是宇文邕皇帝生涯中一次重大的

误判。

后来他的儿子宇文赟（yūn）即位，立杨坚的长女杨丽华为皇后。杨坚直升柱国大将军、大司马，位列三公之上。老杨家从此坐大，挡都挡不住。

3

杨坚是"一夫一妻制"的忠实践行者，因为这事发生在古代，显得特别可贵。中国历史上的五百多个皇帝，拥有佳丽三千已不是什么新鲜事，后宫两性比例严重失调。但是，大家发现没有，只有那些认真经营爱情的皇帝，最终才能有所作为，光照汗青。

有人说，这不是扯吗？一个皇帝，权势熏天，女人多得不要不要的，他还能有纯粹的爱情？大家不要误解爱情，它的生命力是很强的，能在各种环境下生长，有时候还会疯长。而杰出的皇帝，往往能把性和情分得很清楚。典型如刘邦和吕后，唐太宗与长孙皇后，朱元璋与马皇后……都是和谐婚姻、共同创业的典范，放到现在也是"五好家庭"（并不排斥三宫六院）。但以上三位跟杨坚相比，又算是很花心了，因为杨老师的一生，只爱一人。

爱本质上是一种骄傲。在公开场合，杨坚多次表达了这种骄傲——"朕的五个儿子都是同一个女人生的，古往今来，哪个皇帝能够做到（旁无姬侍，五子同母）？"也有人不客气地说，那不是爱，而是惧内。囚徒认为，爱到极致，便是惧内。

4

出于国家发展的需要，杨坚建了三宫六院，编制众多。但是很遗憾，后宫美人都是虚设，他是从来不去的。能抵抗这种诱惑的男人，在我看来，大约就是圣人了。

他甚至给那个女人写情书，其中一封寥寥数字，却意味深长——我有一个梦想，遇你，纤风，共夕阳。这应该是刚对上眼的时候写的。让他爱到地老天荒又无比骄傲的女人，名字独孤伽罗。她十四岁的时候就过门，毫不嫌弃丈夫的外貌，共同生活了四十多年。这个女人的父亲独孤信很有来头，有人说他是中国历史上的"第一岳父"。因为他的三个女儿，分别嫁给了三个朝代的皇帝——

宇文毓，北周第二位皇帝；

杨坚，隋朝开国皇帝；

李昞，李世民的祖父，后追封为大唐元皇帝。

想想一百年前，宋氏三姐妹嫁给三大家族的荣耀，就知道独孤信当年是多么的牛叉。

5

独孤氏与杨坚能走到一起，是天作之合。与杨坚的孤儿身份不一样（杨坚幼年长期在寺院生活），独孤氏出身贵族，从小就培养了一种贵族气质。她爱好读书，并能融会贯通（不是读死书），时常对人对事有独特见解。两口子是典型的先结婚，后恋爱。每天都有说不完的话，这种交流习惯一直持续到杨坚坐到龙椅上。

百官经常会有一些争吵，明枪暗箭很是平常，平衡那些势力，很累很累。回到家，独孤氏总能帮杨坚分析，给他一些建议。杨坚在她眼里，不是一个皇帝，而是一个普通的上班族。独孤氏最大的优点，是她很懂得分寸，不过分强势，每次点到即止，不过分介入政治。所以她没成为吕后、武则天那样的危险人物。

她还反腐拒腐。有一次，幽州总管殷寿看到一颗突厥的夜明珠，硕大耀眼，便想买来献给独孤氏。但是她拒绝说："戎狄经常侵扰边境，将士打仗很苦，我怎么能独贪此宝呢？"

独孤氏明事理，给杨坚在朝内朝外加了不少分。正因为这个原因，独孤氏去世后，杨坚请全国最著名的五十多名高僧为其超度亡魂。他甚至冒着天寒地冻，亲自为独孤氏送葬，一反节俭作风，修建当时天下规模最大的定禅寺。生命的最后两年，他经常坐在佛堂里，默默垂泪，思念妻子。

6

杨坚最值得记取的，是他的文治武功。

公元581年，杨坚称帝，彻底结束五胡乱华以来两百八十多年的混乱局面。他是个创意大师，以下都是他想出来的，一直为后世沿用——三省六部制、科举选拔制，这两个不用说了，实在太牛。他废除宫刑、车裂等酷刑，首次确立五刑体系（笞［chī］、杖、徒、流、死），官民犯事，照此处理，成为社会稳定、文明发展的重要制度。他主政期间，汉文化被确立为国家正统，汉族成为中国最大的民族。

这样的伟大皇帝，生活却极其简朴，他的座右铭是"成由俭，败由奢"。就连寝宫的窗帘，也由布幔缝制而成，拒绝珠光宝气。他很爱百姓，有一次关中饥荒，隋文帝让人把百姓吃剩的东西带回，看过之后当场泪如雨下，要求皇族（自己带头）禁食酒肉一个月。如果让中国历史上的皇帝们进行PK，杨坚并不输给秦皇汉武、唐宗宋祖。

……

他的治国成绩，吸引了世人的注意。美国学者迈克尔·H·哈特写过一本《影响人类历史进程的100名人排行榜》，杨坚与成吉思汗、毛泽东，作为中国仅有的三个"罕见"伟人，位列其中。

这样的人，我们有什么理由不为他打 call？

尾声：公元 587 年 3 月，突厥攻打当时还很弱小的室韦部落。位于大兴安岭的室韦眼看就要灭种，部落首领联名向隋朝求援。杨坚令人拟诏，严厉批评突厥阿波可汗"好兵黩武"。杨坚的面子很大，室韦仅有的血脉得到保护。六百年后，这个部落出了很多英雄，最大的那个，名叫成吉思汗。

接班人的厄运：大唐前一百年，盛世下的阴影

1

贞观十九年（公元 645 年）正月，历史记录极限低温。大唐帝国首都长安一带，寒风料峭。有群众发现，在野外撒泡尿，都能瞬间变冰柱。但这并不妨碍人们的热情——大唐有关部门正发动二十万军民，筹备庆祝李世民的四十七岁生日。庆祝的高潮，是反映李世民能征善战、英明神武的戏剧《秦王破阵曲》，将在全国巡演百场。

好消息不止这一个。据说神僧玄奘出差印度整整十七年，一路以饱满的热情和斗志，克服无数艰难险阻，将在这个月返回长安。玄奘带回来的，除了天竺等各国人民的善意，还有大量佛经。太宗对这种盛世气象很是满意！在一大帮随从的簇拥下，他赶到洛阳休养。

……

这时一则消息传来，太宗情绪崩溃，几乎被击倒——被贬到

重庆的废太子李承乾，于当月早些时候因病不治，永远留在了那个荒凉的地方。没人知道这个二十六岁的废太子在重庆（当时叫黔州）经历了什么。孤独、荒凉、悔恨？其实消息头天下午已经报到长安，为避免对李世民产生太大冲击，太监们决定在第二天早朝前禀明。果然，李世民闻讯，当即眼冒金星、踉踉跄跄。正在值班的卫士见状，马上扶他坐到龙椅上。

"我的乾儿啊……"李世民老泪纵横，艰难吐出几个字，就昏了过去。

对李世民来说，这是一生中最黑暗的日子。他应该知道，世上之事，如矛与盾，皆有两面。

宋人摹阎立本绘唐太宗立像

大唐之后的治与乱，都与他有密切关系。无疑，他是个"明君"，在有五百多成员的皇帝群里，尤其鹤立鸡群。但在某些方面，他又做了坏的示范。

2

自开国以来，高祖李渊就给子孙留下一种怪病。发起病来，头痛、目盲，有时候还手脚不灵。现在我们都知道，那是严重的高血压。这是历史的安排，也是家族的宿命。唐朝历代皇帝都受此病困扰（比如李世民最后选定的接班人李治，于三十二岁即公元660年中风，从此朝政落到一个叫武则天的女人手上）。

……

进入中年后，李世民的身体已大不如前。他年轻的时候太拼，经常通宵达旦工作，到处调研，了解民情。这几年他数次亲征高丽，受了箭伤，战争失败。这对习惯胜利的战神来说，很难接受。身体和心理的双重打击，让太宗一夜白头，脸上忽然写满了沧桑。似乎在诉说他前半辈子的不易。号称永远年轻、永远健康的"天可汗"，在与岁月的博弈中，彻底败了。其实，英雄只有一个对手，不是别人，不是他自己，是时间。太宗慢慢默认自己是个老人的事实，他不死心，一方面他加紧寻找长生不老药，另一方面，他也在考虑大唐今后朝何处去。

3

他很早就选好了接班人，即嫡长子李承乾。这是他与至爱长孙皇后的爱情结晶。长孙皇后十三岁就嫁给他，对他的事业和家庭来说，极端重要。这么说吧，没有长孙皇后，可能李世民早就死在父亲或者亲兄弟手上。第一次做父亲的时候，太宗才二十一岁，正处于事业的上升期，长年征战在外。他很爱承乾这个儿子，很多次回到太原，还来不及擦去战袍上的血迹，他就抱起儿子，闻儿子身上的乳香，又是摸又是亲。那种初为人父的感觉，让他内心幸福升腾。所以，当他通过玄武门的屠杀当上皇帝后，第一时间立承乾为太子，毫无犹豫，当时承乾只有八岁。册封太子的诏书中，他专门加上承乾"早闻睿哲，幼观《诗》《礼》"的句子。

他对这个孩子的偏爱是有理由的。史料记载，李承乾从小就特别乖巧，也很有悟性。太宗曾让他代为处理国事，并暗中观察，发现他颇有政治天赋（"颇识大体""颇能听断"）。李世民很满意，每次离开长安，他都放心地让太子监国。那个时候李承乾不过是一个十多岁的少年。为了培养这个接班人，太宗特地将自己最欣赏的两位儒学大师送到东宫，一个叫陆德明，另一个叫孔颖达（孔子的后代，著名经学家）。对太子的生活，他也百般关爱，甚至溺爱。李承乾十三岁的时候生过一场大病，从来不信佛道的太宗破例请道士秦英来为儿子祈福。承乾病愈后，唐太宗又召三千人出家，并特地修建西华观和普光寺，大赦天下囚犯。真是用心良苦，用情至深！

4

但是，李世民还是废掉了这个太子。

很长时间内，李承乾的人缘是不错的，可是危机早就悄悄积累滋生。长孙皇后于三十六岁早逝，李承乾失去母爱，从此变得逆反。他不停地与老师吵架，任意责罚家仆。太宗觉得这只是少年的普通逆反，只要多找几个老师引导就行。于是他先后挑选了十余位老臣、名臣出任东宫辅臣（"搜访贤德，以辅储宫"）。只要太子有丝毫进步，他都在各种场合大力褒奖。

这里必须交代一个背景——太子的脚部有些残疾，平常走路有点异样。这令太子自傲又自卑。太宗认为，这并不是什么大不了的事情。他深信，自己的儿子，以后一定是个好皇帝。有人跟他说，太子挥霍无度。他笑了笑，不置可否。不久，他又接到密报，反映太子是个同性恋，经常与几个俊美少年游戏人间，做羞红脸的事情。他有些坐不住，严厉批评了儿子的性取向。缓了缓语气，他又苦口婆心，希望儿子收敛。

……

这时，承乾的亲弟弟、魏王李泰正以一种孝顺有为的姿态进入太宗的视野。种种迹象表明，太宗的爱正在转移。贞观十六年（公元642年）二月，由李泰主编的《括地志》完稿，太宗非常高兴。这部著作不仅被收藏进皇家藏书阁，泰哥还不断收到表扬和赏赐。这类事情，在以前是不可想象的，也彻底刺痛了太子。而对李泰来说，如此获得圣眷，很难不对皇位产生浓厚兴趣。

太子决定先下手为强。贞观十七年（公元643年），二十四岁的太子李承乾与汉王李元昌、侯君集、李安俨、杜荷（杜如晦之子）、赵节（长广公主之子）等密谋反叛。在他们的计划中，这本是另一场玄武门事变。可惜他们不是李世民，团队里也没有长孙无忌、尉迟敬德那样的谋臣、猛士。计划泄密后，起事者悉数被捕。

5

如何处理太子，让李世民颇费脑筋。按说，谋反是死罪。但李世民不想这么处死儿子，毕竟骨肉连心。几个不眠之夜后，他接受大臣建议，将太子贬为庶人。李承乾被贬到边远的黔州，也就是今天重庆市彭水县的郁山镇。

太子被贬的那段时间，太宗心里一直隐隐作痛，他很想忘记这段不愉快的往事。所以他决定，好好庆祝一下自己的四十七岁大寿。对大唐人民，以及他自己来说，已经很久没有喜事了。可是，盼喜事，偏来丧事。丧子之痛，让太宗接连半个月没有临朝。做皇帝十九年，这还是首次。他亲自审定厚葬太子的方案，同时他也一直在思考——为什么？为什么？为什么？

……

李承乾离世后四年，太宗惨死于丹药中毒。所有的答案，都在他死后一一揭开，只是这种揭晓的方式有些残酷。太宗之后几任皇帝，频繁废除甚至杀死太子，长安经常变成血城。有什么样的祖宗，就有什么样的子孙。

从玄武门那天清晨的杀戮开始，大唐的气数和命运就已注定。伟业与阴影，如影随形。

（唐）章怀太子李贤墓壁画中的使者

尾声：从太子到天子，路途遥远凶险。李承乾只是大唐第一个废太子，但远不是最后一个。从李世民甚至首任皇储李建成开始，太子就成了高危职业。

——公元 656 年，李治废除太子李忠；

——公元 680 年，太子李贤以谋逆罪名废为庶人；

——公元 680 年，太子李显被废；

——公元 707 年，太

（唐）节愍太子李重俊墓中出土的三彩牵马俑

子李重俊被杀；

　　——公元 737 年，太子李瑛被废，后赐死；

　　直到公元 756 年，安史之乱爆发，大唐太子李亨借机上位。玄宗李隆基被按到太上皇的宝座上，晚景无比凄凉。这是一百多年大唐史上，太子第一次反叛成功。只是经过轮番折腾，大唐只剩半条命，从此进入历史的下降通道。

赵匡胤：宋太祖的工作服

1

去年，囚徒曾供职的某著名杂志发起话题"我们为什么爱宋朝"，觉得有点小意外。我们更应该爱的，难道不是强汉或盛唐吗？帝国声名远播，百姓安居乐业，流动性极其充足。一个总被少数民族把脸按在地上摩擦摩擦的朝代，一个严重冗官冗兵冗费的朝代，一个昏混衰世连中原都没统一的朝代，一个习惯虐杀英雄才子的朝代，有什么值得爱的？

前几天有空跟易中天老师聊了许久，他说在古代政权中自己比较喜欢的朝代是宋朝，人们对宋朝有太多错误的刻板印象——皇帝弱，朝廷小，英雄不是被杀死，就是郁闷死。尤其是岳飞的《满江红》，"靖康耻，犹未雪……"音乐声响起，人们总是要咬牙切齿，恨其不争。还有很多人说，历史上最出色的铁血书生辛弃疾，根本就是生错了朝代。

2

但如果换一个角度看问题，就很有意思。如何处理文和武的关系，赵宋王朝的政策和调性，确实别出一格。虽然国防很弱，士兵不经打，但历史上很少有这样一个朝代，那么多文人纷纷投身改革，王安石、司马光、范仲淹……而且，他们最后结局都不错，打破"改革没有好下场"的怪圈。想想被车裂的商鞅、投河的屈原、被箭射死的吴起、被乱刀砍死的王莽、被挖坟的张居正……可以说，宋朝为改革者创造了最好的环境。

宋朝更是文人的天堂，尤其是宋太祖留下"不杀士大夫"的祖训，让宋朝文化空前繁盛。单是词宗，便有苏轼、柳永、李清照、辛弃疾四大家。还有欧阳修、曾巩、范仲淹、文天祥……陈寅恪说，华夏民族之文化"造极于赵宋之世"；英国史学家汤因比（囚徒的偶像）更直言，"如果让我选择，我愿意活在中国的宋朝"。可以说，仅凭宽容的养士政策和开明的文化政策，宋朝就可竞争"中国历史上最伟大的朝代"。

宋朝的一切，都源于那个谜一样的男人，赵匡胤。二十岁开始离家闯荡，三十三岁创业成功。从底层小士兵到九五之尊，他走过的是怎样一条路？

（元）钱选 绘《临苏汉臣宋太祖蹴鞠图》

3

公元 960 年，正月初三的深夜，三十三岁的赵匡胤翻来覆去睡不着，虽然夜凉如水，他却浑身燥热，双目圆睁。他看了一眼行军床附近的衣帽架，黄色的龙袍，正在烛光中熠熠发光，就像对他眨着诱惑的双眼。这一天实在太梦幻了！刚才群情激昂的一幕，尽管他早有准备，还是感觉不太真实。兴奋、紧张、焦虑、恐惧……种种情绪前所未有，如排山倒海，冲撞着他的血肉和神经，他的生物钟彻底紊乱了。"万岁，万岁！"众将士的吼声，似乎还在陈桥的山谷回荡，那声音，他一辈子也无法忘记。这儿离首都汴梁城只有二十公里，他怀疑这声音随着北风已经传遍了汴梁的每个角落。可惜这么精彩的大场面，父亲大人已经看不到了。四年前，老人已经仙逝。面对众将士的盛情，他一脸的"懵逼"和"无奈"。

"你们这帮家伙，自贪富贵，立我为天子……"他表面被迫，内心狂喜。为了这次军事煽动和哗变，赵匡胤和同事们足足准备了半年。他们做得很隐蔽，平常连酒都不敢多喝，怕言多泄密。谁都知道，一旦事败，必遭灭族。

4

终于，他如愿得到了这件黄袍。上面精心绣有九条金龙，赵匡胤多次在深夜端详，清楚地记得前面五条，后面两条，左右肩各一条。以后，它将是他的工作服，日夜贴身。权倾天下，富有四海……

难道就这样成功了吗？他掐了一下左胳膊，为了确认，他又掐了一下右大腿 。毕竟才三十三岁啊！等太阳升起的时候，他的名字将传遍天下。他的过去将被封存起来，只许美化，不许置疑。那三十三年，已经足够传奇。

5

少年赵匡胤的故事，早就传遍四乡八里。那时候他有好几个名字，比如"元朗"，再比如更通俗的"香孩儿""赵九重""赵玄郎"。

故宫南薰殿旧藏宋太祖像

他出生于军人世家，父亲赵弘殷是个猛男，善于骑射，因为他实在没什么手艺。凭着一双铁拳，他先后为赵、后唐、后周君主卖命，于乱世中拼出一片天地。赵匡胤是弘殷的第二个儿子。大概谁都没有想到，日后赵匡胤会有那么大出息。

出生那天（公元927年3月21日），洛阳异象不断，很多老人回忆说，啧啧啧，那日傍晚时分，天上全是大片大片赤红色的光，便如白昼。而在赵家，一种奇怪的香味长时间不散，新生儿小赵的身上，皮肤呈现土豪金那样的颜色。经验丰富的接生婆抱着小赵，忍不住多看了几眼，还偷偷亲了一口。这里强调一下，以上这些场面，都是各种史料记载的，史官确实很敢编，笔者从来不相信。后来清代史料写李自成，说他出生的时候，天上有一道白色蛇形闪电（注意，不是龙形），扭曲难看。后来小李长大，成了快递小哥，因为失业及老婆红杏出墙，他聚众造反。由于出生时异象为蛇，不是龙，他果然只当了四十二天皇帝。这样的传说，大家只需看看，就当好玩，不必放在心上。

6

不过，赵匡胤小的时候，确实运气特别好。他十岁不到就到少林寺学武，每天挑水练拳，为此后的戎马生涯打下了良好基础。从少林寺回到洛阳，小赵曾驯服一匹烈马，当时马儿跑到城楼的斜道，小赵的额头重重撞上门楣。这种情况，一般人的头颅早就撞碎，可是小赵却毫发无伤。他一个鲤鱼打挺从地上爬起来，掸了掸灰尘，又爬到马上去。是不是长得像个奇迹？还有一次，他与一群人在大将韩令坤的房中聊天，忽然听到屋外有麻雀打斗，他童心大动，吆喝着跟大家一起去捉麻雀。他们刚出门，屋子就塌了。

7

赵匡胤能上台，要感谢一个人，他的名字叫柴荣。柴是后周的皇帝，军事强人，非常有理想。柴荣曾发誓，要用三十年时间完成天下一统。可惜他只拼了六年，便在北伐的路上染病，over 的时候年仅三十九岁。有人说，柴荣如果多活几年，其成就堪比汉高祖刘邦。可是这个世界上没有"如果"，没有一个人能打败时间。

临终前，柴荣将中央警卫部队交给赵匡胤，托他们辅佐六岁的幼主柴宗训。这不是一般的信任，这种信任来源于他对赵匡胤的深入观察。赵匡胤不仅随他南征北战，屡立战功，而且干活尽职尽责，忙起来不是 996，是 007。赵匡胤一心为公，绝不徇私。他心里装着人民，唯独没有他自己。一次，父亲赵弘殷出差外地，很晚归城，守城的赵匡胤死活就是不开门，让父亲在城外冻了一整夜。赵匡胤对守城诸将士说，"父子诚然是至亲，但是城门开关，却是国家的事情"。从此，大家都知道他是一个死脑筋，不可能拿原则跟人交换。

大家都看错了（尤其是柴荣），其实赵匡胤是天底下最大的阴谋家。

8

公元 960 年，除夕刚过，情报显示，北汉及契丹联兵犯边。皇帝年幼，放现在也就读小学一年级，主事的符太后没有见识。权倾朝野的归德军节度使、检校太尉赵匡胤接受命令，率大军前往御敌。

这是个假情报，北军来犯，纯属乌有。可供佐证的理由有四。

一是陈桥兵变后，老赵登基，他再也没提及出兵一事（后来他对历史曾有一句交待，"辽兵自行遁去"）。

二是兵变当天，服务员从木箱里拿出黄袍，那套工作服叠得整整齐齐。

三是兵变次日，老赵发出了一篇感天动地的全国通告，里面有很多比喻和排比句，看上去没有一个月，是写不出来的。除非骆宾王、王勃、李白等文豪再世。

四是有人查了当年的《辽国年鉴》，并无南下的作战纪录。

赵匡胤骗了全世界。这可能是历史上最平稳的一次夺权，堪称兵不血刃。自唐末五代以来，长达近七十年的藩镇割据混战局面结束。此后三百一十九年，赵家不杀柴家人，不杀功臣（杯酒释兵权），也不杀谏官和文人。宋朝是个很有情义的朝代，总是努力不杀人。比较遗憾，在战场上也是。

9

正月初四的清晨，赵匡胤披着黄袍，走出大帐，面前早已站满乌泱乌泱的将士。里面有他的弟弟赵匡义，有他的左膀右臂赵普、石守信，还有高怀德、张令铎、王审琦、张光翰、赵彦徽等大将。满山谷的刀剑，发出温和的光芒。抬头一看，鹅蛋黄般的太阳刚爬出地平线。黄色，是他现在最喜欢的颜色。他做了一次深呼吸，空气似乎是甜的，他紧张地吞了一口唾沫。

今天，他要带着将士们回汴梁。

朱允炆：失踪的大明皇帝

寻　人

中国历史，就是一个谜团连着另一个谜团。因为真相难辨，人们只好穷尽想象。有人说杨贵妃没死，她去日本生活了；有人说霸王项羽也没死，他去众筹 P2P 了；甚至还有人说张国荣没死，他去五台山当和尚了。游客当面叫一声 Leslie，他还抬起头来，俊俏的脸庞上，泪水横流。

……

那有谁知道，大明千秋万代有限责任公司第二任董事长朱允炆去哪儿了？

这个选题来自上次的征集，十多个读者在问，朱允炆呢，朱允炆呢？吃瓜心态之急迫，即使远隔光纤电缆，也能感觉到那种排山倒海。这不是个简单的问题。从明初到明末，始终有人在探求这个皇帝的下落。关于他的消息不断被报道，贵州、福建、山西、湖北，甚至南洋、非洲，据称都有他活动的痕迹。如果为他写一条寻人启事，那应该是这样的——

朱允炆，男，现年642岁，失踪时25岁（公元1402年7月），长相英俊，性格温和，生于南京，原籍安徽。外号建文帝，走失时，穿黄色衮服。有发现其踪迹者，请与文物部门联系，重谢！

有爷爷朱元璋打下的江山，本来朱允炆可以稳坐龙椅，高枕无忧，但他硬生生被一场飓风掀下宝座。成也爷爷，败也爷爷，他都不知道找谁说理去。

保　权

朱元璋做梦都没想到，他的大明只传到第二代，各地就重燃战火。这次不是朱家跟别人打，而是朱家自己人打自己人。这要从历代王朝最敏感、最难搞的接班人制度说起。中国历史上，从商周开始，就有嫡长子继承制的传统，这是宗法制度最基本的一项原则，能保证政权平稳过渡，使人心稳定。大意是，王位和财产必须由嫡长子继承，嫡长子是嫡妻（正妻）所生的长子。这意味着，即使大儿子是白痴，按照制度，他也是第一继承人。

朱元璋画像

在这件事上，朱元璋很传统，他一直想让长子朱标接班，故

044

对其悉心培养，提前安排他管理朝政，甚至参与核心人事决断。天生C位的朱标同志，个性极其温和，他的座右铭是"绝无公害"，对兄弟们那是没得说，对大臣们也很有礼貌，人缘一级棒。如果搞无记名投票，他应该也是排榜首。很遗憾，这样一个好人却没好命——1392年，当了二十四年太子的朱标视察陕西后回到南京，忽然染病，莫名其妙地离开人世，享年仅三十七岁。官方公布的原因是，"因抑郁而亡"。

皇太孙朱允炆成为继承人。见他幼小和善，年老体弱的朱元璋很不放心。这位穷和尚出身的传奇皇帝，从小就很没安全感，他都不敢想象自己死后，大明会面临何种乱局。想来想去，他决定对那班曾经的铁哥们、如今的开国功臣们下狠手。胡惟庸、刘伯温、蓝玉、徐达……杀戮逐渐扩大化，功臣十之八九被杀。后来，大臣们上朝跟上坟一个心情，临行前总要写个遗嘱，多愁善感的，会跟家人拥抱痛哭。这样大明和允炆就安全了？非也。

削　藩

最大的危险其实来自朱家大院，皇室宗亲各怀心思。朱元璋对大臣们狠毒，对家人却十分柔软。正因为他做得太绝，导致继任者无人可用，天下随之大乱。朱元璋把所有的儿子分封到各地，享受荣华富贵，在版图上实现"朱天下"。这样的情况在汉朝初年也出现过——刘邦建立汉朝后，立即分封同姓诸侯王，作为刘家天下的屏障。出乎意料的是，那些同姓诸侯王野心勃勃，根本不给中央面子。汉景帝接受晁错的"削藩"主张，引来了藩王的反叛——"七国之乱"爆发。朱元璋虽然老谋深算，却没有吸取历史教训，漏算了子孙们的雄心壮志。都是老朱的后代，凭什么一家独大？二十五个藩王心里是不服气的，他们跃跃欲试，日益膨胀。其中跳得最高的，就是燕王朱棣。他有这个资格，众皇子中，他最像老爸朱元璋，只可惜排行靠后，与帝位无缘。

洪武三十一年（公元 1398 年），朱元璋病逝。朱棣"自北平奔丧"，朱允炆称太祖有遗诏，诸王不得来京奔丧。王爷们受不了，对这个侄子一肚子气。说句公道话，朱允炆这样做，确实太不近情理。帝国的气氛一下子紧张起来。

南京紫金山明孝陵

误　国

对朱棣的野心，很多朝廷大臣是有预感的。比如齐泰，他是朱元璋留给朱允炆的顾命大臣，是大明核心高管，但此人个性急躁，朱元璋刚死，战略战术上完全没有准备，他就鼓动朱允炆削藩。再比如黄子澄，作为首席军师，他犯了方向性错误。朱棣应该感谢他，正是他建议"先易后难"，给了燕王喘息备战的机会。

紧急削藩也是大将李景隆极力赞成的，建文帝对这个人极其信任，几乎毫无保留地让他掌握军权，指挥最精锐力量。但李景隆是个软骨头，在政治上极不忠诚。后来最坏事的就是他——战斗关键时刻，他秒变柠檬精，居然偷偷打开城门，为朱棣打 call。

朱允炆真是个苦命皇帝。在位仅四年，就有一年在削藩，三年在打仗。尽管上台后做了不少实事——他广施仁政，大量平反冤假错案，囚犯较之洪武年间减少三分之二；他还免除各地拖欠租税，为奴者赎身。跟父亲朱标一样，他在百姓中的口碑甚佳。即使最后下台，他内心估计也是极为感动的吧?! 因为，六百多个大臣里，仅有二十五人投降。这对于二百七十六年的明朝而言，是一个被忽视的、特别感人的细节。

造　反

初生牛犊不怕虎。不到一年时间，建文帝来势汹汹，连续削夺了五个亲王的权力。一时诸王人人自危。野心勃勃的朱棣不想坐以待毙，以"恢复祖宗旧制"为旗，起兵反叛，史称"靖难之役"。

其实朱允炆有很多机会除掉朱棣，但"慈君多误国"。户部侍郎卓敬是个有远见的人，他给皇帝写信说："燕王智虑绝伦，雄才大略，宜迁往南昌，万一有变，亦易控制。"但朱允炆回复说："燕王，朕骨肉至亲，卿何得及此!"拒绝采纳其建议。朱允炆还警告众将士，不得伤害这位叔父，以免使自己背上骂名。他亲手给篡位者送出了一道护身符。这样在战斗中出现了许多离奇的现象——尽管朱棣多次身先士卒，冲锋陷阵，却毫发无损（明军诸将"莫敢加刃"）。滹沱河之战中，朱棣竟然在朝廷军队阵地核心区睡了一觉，做了个美梦，被发现后又大摇大摆，穿营而过。

……

只能说，朱允炆是个好侄儿，却不是一个称职的皇帝。自古以来，君王们都是杀伐果断、恩威并重。朱允炆是个例外。遥想汉景帝时，七个诸侯国联手，也不敌朝廷军队，而朱棣一个人就改写了历史。公元 1402 年 7 月，朱棣的军队攻入南京，找了三天，最终也没发现建文帝的踪影。从此，朱棣的睡眠就不太好了。

谜 团

朱棣登基后，不断地追寻建文帝下落，未果。有人说，建文帝被宫中大火烧死；有人说他从地道逃出，削发为僧，从此不理世事。朱棣专门指派心腹、户科都给事中胡濙，以寻访仙人张邋遢（张三丰）为名，四处寻找。历时十四年，未有消息。后来朱棣听说建文帝坐船逃亡，去了南洋。他又以"扬国威"的名义，派太监郑和远赴东南亚各国寻人。从公元

故宫南薰殿旧藏明成祖画像

1405 年第一次到公元 1422 年第六次航海结束，郑和与他的同事都未找到朱允炆。

慢慢地，朱棣相信侄儿已死。在他的授意下，当时的史书上是这样写的："公元1402年，南京城破，建文君叹曰：我何面目相见耶！遂自杀。"朱棣则高风亮节，成了正面典型。他派最好的太医为侄儿施救，最终回天无力。燕王闻讯痛哭，几乎不能站稳——"555，傻侄儿，我是来帮你做个好皇帝的，为什么你要走上绝路？"

诗文圣手

贺知章：这样的人生，我愿意重来一回

公元744年，足可载入史册。杜甫和李白终于在长安一家酒馆见面了。他们畅快地饮酒、唱歌，谈诗、唠嗑。有时候也痛哭。因为酒局本来是三个人的。那个人，是他们共同的好朋友，但永远不会来了。八十六岁的贺知章，那一年刚刚去世。

1

但他其实一直都没离开。他的老大哥形象，永远留在了人们心中。下边这篇文字，是他的自述。

我叫贺知章，今年一三六〇岁，大家可以叫我老贺。我是你能想象的古代最长寿的诗人，比南宋的陆游还多活一年。众所周知，他是八十五岁的时候去世的。

我是典型的慢热型，四十岁以后，我才开始真正进入、认识这个世界。我做了五十年公务员，高宗、则天、玄宗、肃宗对我都不错。整个唐朝二百多年，我活了其中的三分之一，而且这段时间是大唐最好的时期。要知道，我死后十一年就发生了可怕的

（明）尤求 绘《饮中八仙图卷》贺知章部分

安史之乱。

　　……

　　我是"老三届"大学生。则天女皇执政前后，科举曾经停过一段时间。恢复高考后，我考中了状元，那年我三十六岁，好像是浙江地区有记载以来的第一个状元。我爹高兴得差点笑歪了嘴，要知道，当时国家录取的人很少，这个状元的含金量还挺高的。

　　走上工作岗位后，我的运气也不错。当朝宰相陆象先很喜欢我的文风和谈吐，他曾说："一天不见贺兄弟，就感觉了无生趣。"我不知道陆先生为何那么喜欢我，不过我还是挺高兴的，总比有人讨厌你要好。后来我又认识了两位老师，一个叫张说，一个叫张九龄。他们的级别都很高，都当过宰相，但特别平易近人。如果说我在官场上还有点作为，这两位伯乐功不可没。

　　我六十四岁的时候，张说老师推荐我参与撰修《六典》《文纂》等国家重点图书。我称他为张老师，其实他比我还小八岁，说起来有点惭愧。张九龄老师比我更小，大概小十九岁。有时候，我都不知道自己前四十年在忙什么，真有点蹉跎岁月。我也不后悔，只愿岁月静好。工作上我认真负责，我的任务主要是撰写各类公文。

几十年时间，日复一日，你问我压不压抑？还真有点。可是我慢慢爱上了这种重复劳动，我要说，公文其实是世界上最温情的文字。是的，能把最枯燥的文字咂摸出滋味的人，都不简单。因为勤勤恳恳，我年年被评为"先进个人"，后来还被任命为太子的老师。

2

活得久还是很有好处的。六十六岁那年，很多好朋友和竞争对手都去世了，我被提拔为礼部侍郎，副部长级。要知道当时大唐群众的平均年龄，也就三十多岁。

后来我喜欢上了大自然，特别是树木花草，因为它们不会死。春天花会开，鸟儿自由自在。我还是在等待，等待我的爱。我写诗的速度明显加快了，在写作上我的追求是：清新逼人。比如——

咏　柳
碧玉妆成一树高，万条垂下绿丝绦。
不知细叶谁裁出，二月春风似剪刀。

《长安十二时辰》里说，这是一首政治诗，里面全是皇帝和太子的关系，耐人寻味。我确实没那个意思，我只是在赞美一棵柳树。人世间，不管人畜草木，很多事情都是相通的，被人怀疑为政治诗，不奇怪。我还写过很多作品，因为那个时候没有 U 盘，绝大部分没有保存下来。

你知道吗？我们那个年代，写诗的人是最受欢迎的。迎来送往、喝酒唠嗑、野外打到猎物、遇到知心爱人……都喜欢写个诗。有人说，除了初唐四杰、陈子昂，开盛唐气象的诗人，我也算一个。他们说，我的诗虽少，却"一花引来万花开"。谢谢了哈，这么说的人，我爱他们的坦诚。

3

我很爱喝酒，特别爱的那种。但我身体好，有酒量，不像孟浩然，因为跟王昌龄喝了点酒，就送进医院急诊室，最后还没抢救过来。说穿了还是身体不好，要知道他比我整整小三十岁。不说这个了，孟浩然也是我喜欢的诗人，田园诗写得一级棒，这么挤对人家，不太厚道。

（明）唐寅 绘《临李公麟饮中八仙图卷》局部

我的酒瘾有多大呢？可能你都想象不到。杜甫那家伙曾经写过一首诗，叫《饮中八仙》，开头就是"知章骑马似乘船，眼花落井水底眠"。确实活灵活现的，但他说我酒驾，我不以为然。是的，我喝醉以后骑马了。我掉进一口枯井，还在里面睡觉了。那又怎么样？你不觉得这种生活很爽吗？你们现在有几个人能这么潇洒的？喝个小酒，还战战兢兢，不是怕交警，就是怕领导，回家还怕跪电脑键盘。杜甫把我列为"饮中八仙"之首，我是满意的。不会喝酒、不懂酒的男人，你不觉得特别奇怪吗？反正这样的男人，我是不会跟他交朋友的。

4

八十三岁生日后不久，我有一次到玉真公主的别墅吃饭，遇到了一个四川来的年轻人。说是年轻人，其实他也不小了，四十一岁，是我的孙子辈了。他叫李白，酒品特别好，但酒量不怎么样。本来他坐得离我很远，后来主动过来敬我一壶白酒，他说很早就听说过我的名字，只是无缘见面。这也算年纪大的好处吧，见到的人基本上都是晚辈。

……

我看到了他的手稿，也就是《乌栖曲》《蜀道难》，刚看完几句，我就吃惊地站了起来。那诗写得真好，令人热血喷涌。我忍不住拉住李白的手。"你是下凡的诗仙啊！"我承认我有点失控，但还是说出来了这句话。从此，我们俩成了酒友，隔三岔五就要喝一场，一直喝了三年时间。我也不知道自己为什么状态那么好，一个快九十岁的老头，还有那么好的酒量，很多人看了会很晕。

李白这个人吧，对钱一点都不感冒。他有好几个粉丝是搞投资的，经常有捡钱的机会，但他毫不动心。他只是沉醉在自己的文字世界里，心无旁骛。以前家里富，他也曾花钱如流水，后来家道中落，他又不花心思赚钱，变得很潦倒。很多时候，他连喝酒的钱都掏不起，所以每次都是我这个公务员买单。没有花公款，都是我自己的钱。

有一次，我没带钱，干脆把身上的小金龟解下来，给老板当酒钱。那小金龟是栩栩如生，是皇上特意赏赐给我的。我就这样把它卖了，毫不犹豫。我记得，当时李白特别感动，抱着我抽泣起来，哭得像一个两百多斤的孩子。很多年后，他还记得这段往事，专门写了一诗来回忆——

对酒忆贺监

四明有狂客，风流贺季真。
长安一相见，呼我谪仙人。
昔好杯中物，翻为松下尘。
金龟换酒处，却忆泪沾巾。

怎么说呢？我已经八十多岁了，来日无多，钱财早已是身外之物。

我觉得，李白这个人太有才，我认定，虽然不一定看得到，但他就是大唐诗坛的未来。老天让我在晚年遇到他，是对我的一种眷顾，请他喝两壶酒，又算得了什么？我不仅要请他喝酒，还要向组织部门推荐李白。我还是有几分薄面的。不久，朝廷就任命他做翰林待诏。他天生狂妄，并不适合官场。这个我早就知道。我只是想尽自己的一份力，改善一下他的窘迫处境。他果然很离谱，让皇上为他调羹，高力士为他脱鞋。最不能忍受的是，他还跟杨贵妃眉来眼去。没办法，谁让他是诗仙呢？确实与众不同，令人大吃一惊。

5

年轻时，我刚离开家乡的时候，曾满心豪情，写过这样一首诗——

晓　发

江皋闻曙钟，轻枻理还躬。
海潮夜约约，川露晨溶溶。

始见沙上鸟，犹埋云外峰。

故乡杳无际，明发怀朋从。

那个时候，我心里没有惆怅，只有激动。故乡啊故乡，过几年你一定会为我骄傲！果然是这样。

我生命的最后三年，实在是太精彩了——一是认识了李白，这个已经跟你们讲过了。二是八十六岁的时候，我真的累了，身体已经支撑不下去，就正式向领导请辞。玄宗这次终于没再挽留我。他亲自写诗为我送行，诗的序言中说："天宝二年，太子宾客贺知章……"似乎他特别舍不得我，一首写完，他又写了一首七律。第二天临行前，太子受他的委托，率文武百官在灞桥给我送行，场面特别大，要是当时有相机，我就拍下来了。全身而退、载誉而归，这也算是我老贺人生的巅峰吧！三是回到浙江绍兴老家，我住"千秋观"，建"一曲亭"，过上了极简生活。

闲暇之时，我还创作了那首《回乡偶书》——"少小离家老大回，乡音无改鬓毛衰。儿童相见不相识，笑问客从何处来。"据说这首诗在你们小学二年级的课本可以找到，所有人都会背，是吗？不知孩子们是否读得懂。有人评价说，这首诗举重若轻。人生所有炎凉荣辱、功名利禄、平淡绚烂，都浓缩在这二十八个字里了。你们的理解力，真的很惊人。

6

一个人，当他行将就木，回望一生，所有的辉煌，在一个孩童眼里，什么都不是。对大自然来说，更是如此——"离别家乡岁月多，近来人事半消磨。惟有门前镜湖水，春风不改旧时波。"这是我一辈子写的最后一首诗。

我的一生，见过大风大浪，跟我同龄的陈子昂，早已在狱中死去四十四年。很多看似聪明的人，其实是糊涂蛋，他们或被贬或入狱，结局都不好。

......

人们称我"诗狂"，其实我在诗里，并不狂。我的人生倒有点轻狂。

"为什么你人缘好，做事稳，同时又能过得自由恣肆?"很多人很奇怪，问我人生秘诀。我想说，一个人要成功，不在于成熟，恰好相反，他要有童心。他可以狂，但要狂得有尺度，有原则。就是这样。在生命的最后时刻，我只想做回一个小顽童。

李白死后无醉客

当人人都不正常的时候，清醒的人只能被宣布为疯子。

——题记

1

酒后，很多人会发笑、发癫、发情，还有很多人会发疯，但疯的模样，疯的程度，完全不同。论疯的调性，我电线杆都不扶，只服李白。一个人要是疯起来，典型症状之一，便是开启漫无边际的吹牛模式，最出色的诗人，往往也是最会吹牛的诗人。

才喝了三两，在李白的笔下，汉江、湘江、洞庭湖都变成了奔腾的酒浪（"平铺湘水流，醉杀洞庭秋"）。算不算"气吞山河"？俯仰天地，如果它们不爱酒，都不配称天地（"天若不爱酒，酒星不在天；地若不爱酒，地应无酒泉"）。算不算"翻天覆地"？

……

理想主义者王安石说，李白的诗，只有两个关键词：女人，美

（清）冷枚 绘《春夜宴桃李园图》

酒（"诗中十句，九句说妇人与酒"）。还有粉丝统计，李白一辈子喝了五十吨酒（相当于 2018 年茅台酒总产量的八百分之一）。与酒的互动，历史上独一无二。酒对他来说，是乐趣，是人生，也是灵魂的寄居地。

2

开元十八年（公元 730 年），大唐承平日久，没有什么大事发生。玄宗当皇帝当得很爽，慷慨地向各级公务员派发红包（"各赐钱五千缗"），强制他们到各地 5A 级旅游区度假，尽情饮酒作乐。五千缗是多少呢？我跑去换算了一下，如果没错的话，几乎相当于人民币一千多万，绝对的巨款。作为著名的文艺皇帝，他还率先垂范，多次到著名夜店花萼楼消费。一时间，全国官民幸福得不要不要的，不少人开始酗酒。

当年的 3 月 15 号，二十九岁的李白就喝多了。事发地点：武汉黄鹤楼附近；天气：连日多云；PM2.5 指数：8；酒后作品——

故人西辞黄鹤楼，烟花三月下扬州。
孤帆远影碧空尽，唯见长江天际流。

对他来说，已经很长时间没有这样的冲动，原因很简单，跟知己喝的，那才是真正的酒啊。当时，他对面只坐着一个人，孟浩然。

3

孟浩然，男，四十一岁，皮肤细腻。他是笔者的湖北老乡，著名隐士。之前，他一直在襄阳的大山里安贫乐道，与世无争，两年前，他忽然对做官产生浓厚兴趣，决定下山去试一试。刚到武汉，他就遇到李白。史料没有提及他们第一次见面的场景，但是可以肯定的是，他们俩一见如故。准确地说，是李白成了他的粉丝。因为孟浩然稳重谦和，一看就是做大哥的样子。

……

在龟山小酒馆，两人推杯换盏，啃鸡翅，撕牛肉，不知不觉，从下午喝到了晚上。时间这东西，他们有的是，毕竟都是没有工作的人，不用996。桌下的空酒瓶，东倒西歪，眼看就无处下脚了。李白说着说着，忽然开始抹眼泪，老孟站起来，缓缓地走到李白身边，用宽厚的手掌拍了拍他的肩膀。他理解这个小兄弟为何而哭。

很多人脑袋里都有一个大问号，为什么在中国文化史上，只有李白能写出那样的妖作？因为时间。自古以来，只有那些对时间格外敏感的人，才能写出拂动人心的文字。孔子因为珍惜时间，不停地赶赴各个国家旅游，他的那句名言，一直让李白警醒——"逝者如斯夫，不舍昼夜！"这个四川仔后来也写诗一首，感叹时间逝去，其中有这样几句，"君不见黄河之水天上来，奔流到海不复回。君不见高堂明镜悲白发，朝如青丝暮成雪。"既有空间的磅礴，也有时间的深邃。他就是一个诗人哲学家。

4

彼时，离开家乡五年，李白仍然一事无成，说不着急，那是骗人的。毕竟年轻，他流连于扬州美景美人，花费无度，很快信用卡就刷爆了（"不逾一年，散金三十余万"），他最好的朋友孟少府是当地的副县长，有点看不过眼，对他说："小李同志，你也不小了，该考虑终身大事了！"

"这事……你是了解我的！"李白摇摇头回答。

结婚的事，他很少考虑，甚至有点抗拒。在骨子里，他觉得自己并不是一个适合结婚的人。他最爱的事情，是四处漫游，看景、写诗、交友，这三样，不仅花钱，更花时间。试问世上有哪个女人，会爱上一个不回家的人？但这一次，他有点心动，他一般不相亲，但这次孟副县长给他介绍的人，有点不一般，那个女孩叫许紫烟，听名字就很美，她是前宰相许圉师的孙女，住在安陆（今湖北安陆）。"安陆，楚国？"李白很惊讶。虽然古人的地理知识有限，但李白是个历史控，在他内心，最喜欢的是古代楚国，他觉得，那是一个神奇的地方，人民有理想，会生活，还出产了一个叫屈原的伟大诗人，那是他最初的偶像。楚国人爱巫术，信鬼神，更激发了他的探究欲，对于思维上天入地、无所不及的李白来讲，这太有吸引力了！不就是相个亲吗？相之！

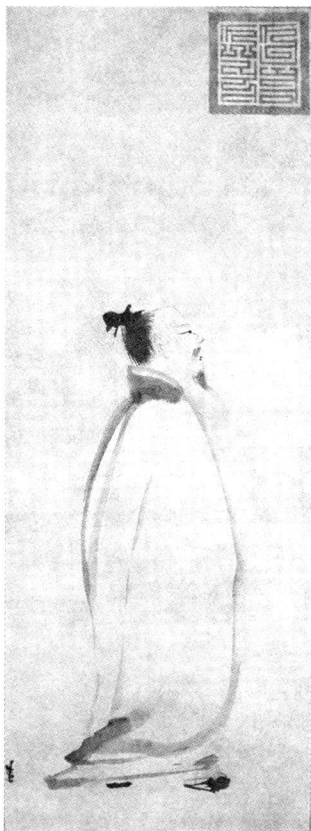

（宋）梁楷 绘《李白行吟图》

5

开元十五年（公元 727 年）初，李白赶到湖北，在热干面和豆皮的故乡武汉（当时叫江夏），他遇到了孟浩然。老孟长须飘飘，一派仙风道骨模样，很多人都喜欢跟他在一起。李白觉得这个湖北人身上，有一种淡雅疏阔之气，那种胸怀，是绝大多数人都没有的。据说，刚认识的朋友，孟大哥就可以把身上最贵重的东西送出去，有诗为证——

> 游人五陵去，宝剑值千金。
> 分手脱相赠，平生一片心。

孟浩然认为，世界上最美妙的事，就是跟好朋友分享。与李白认识没几天，他就拿出了西域来的葡萄酒，那是他多年的珍藏。李白是个红酒行家，他曾疯狂追慕并没有什么名气的西晋文人张翰，只因对方是个酒徒。爱酒的心，他从不掩饰，那天，他喝下老孟带来的红酒，马上发了个朋友圈——

李白
爱死葡萄酒啦，我要天天喝，一天喝它个300杯。

727年9月22日　删除

♡ 孟浩然

很显然，当时李白已经开始说胡话了……

他与孟浩然的这段友谊，已经因为那首诗而留在历史上，而满地酒瓶，则是它的生动背景。

6

李白虽然年龄不大，酒龄却很长。众所周知，他是碎叶城出生的。那个时候，碎叶城是大唐的军事重镇（安西四镇中最靠西的一个），主要目的是压服当地突厥部落，现在它的名字比较长，叫托克马克城。如果不是因为李白，很少有人对那个地方感兴趣，从新疆往西，还有很远很远，坐飞机才能到。

……

据史料记载，李白先祖为陇西（甘肃定西一带）李氏，隋朝时因罪流落西域，囚徒困境，是李白身上擦不掉的烙印。所以他一辈子都在挣脱。五岁的时候，碎叶城遭叛军围攻，为躲战乱，李白与父亲离开西域，一路漫游（流浪）来到四川江油。那是一段神奇的旅程。他从小受汉族文化影响（"五岁诵六甲，十岁观百家"），但在他的小脑袋里，仍然满是西域记忆：胡人、胡服、胡雁、胡马、胡音、胡酒、胡姬、胡旋……所谓胡酒，就是芳香馥郁的葡萄酒。整个西域就是葡萄酒的海洋。

7

色香俱佳的葡萄酒，同时也是很多唐朝诗人的最爱，比如王翰，就写过那首令人心里拔凉拔凉的《凉州词》——

> 葡萄美酒郁金香，欲饮琵琶马上催。
> 醉卧沙场君莫笑，古来征战几人回？

面对可怕的战场，喝点葡萄酒，感叹一下人生，还真是别有一番风味，喝完之后，不识恐惧为何物！

元稹也是葡萄酒爱好者，他写道——

> 吾闻昔日西凉州，人烟扑地桑柘稠。
> 葡萄酒熟恣行乐，红艳青旗朱粉楼。

韩愈、刘禹锡、白居易、李商隐，更是三天两头就要品一下葡萄酒。但他们对葡萄酒的感觉，都不如李白来得真切感人，谁

让人家是西域土著呢？李白诸多红酒诗中，有一首就非常令人脸
红——

对　酒

蒲萄酒，金叵罗，吴姬十五细马驮。

道字不正娇唱歌，玳瑁筵中怀里醉。

芙蓉帐底奈君何，青黛画眉红锦靴。

后世很多文学评论家，是流着口水品评这首诗的，有的人说，
李白这人会玩，更会写，撩得人心猿意马。

对李白来说，酒的味道，就是生活的原味。因为酒，他甚至
爱上了女孩们的"酒晕妆"。

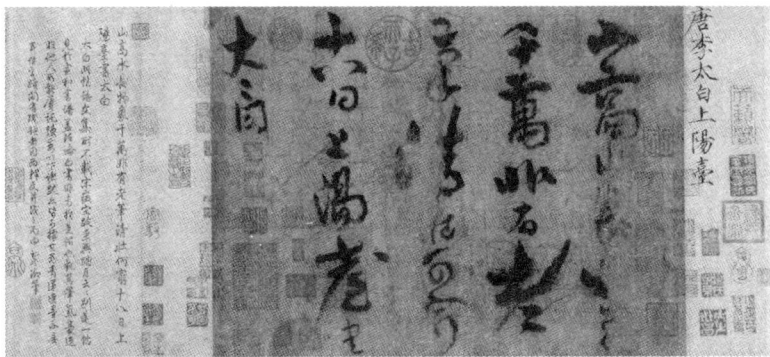

（唐）李白手书《上阳台帖》局部

8

李白一生写就的酒诗，有一百七十首之多，很少有人知道，
李白与酒结缘，是从葡萄酒开始的，也就是说，那红色的酒液，
是他的初恋。从小，他就是个挑剔的人，他认为，酒很重要，但

喝酒的地点和对象，更重要。喝多了，才能真正忘我，进是万物之神，退是俗世之鬼。他写道：

——三百六十日，日日醉如泥；
——钟鼓馔玉不足贵，但愿长醉不复醒；
——古来圣贤皆寂寞，唯有饮者留其名。

他还写道：

——但使主人能醉客，不知何处是他乡；
——抽刀断水水更流，举杯消愁愁更愁；
——且乐生前一杯酒，何须身后千载名？

喝多了，总要找一个出口，撒撒酒疯，刚好李白是一个文字表达的圣手，在酒精的帮助下，写下真切奇绝的文字，一首诗写完，所有的愁和怨，都已消失不见。杜甫就很欣赏这种独立人格，杜甫老师喜欢的，不是诗仙的颜值，而是他光芒万丈的内心，从不追星的诗圣，在李白面前彻底沦陷。在长安看到李白酒后狂妄翘班的样子，杜甫不由得顶礼膜拜——

李白斗酒诗百篇，长安市上酒家眠。
天子呼来不上船，自称臣是酒中仙。

醉了，我就是自己永远的王。他评价自己的偶像，"嗜酒见天真，醉舞梁园夜"，只有像杜甫那样的理解力，才能真正理解李白的优秀。一个人最有魅力的是什么？是绝无掩饰的天真。

9

李白是天生的网红，千百年来，粉丝无数，后世评价他饮酒的诗句，亦无数。看来看去，好像只有温庭筠老师的那句诗，才能一解人与酒之间的奥妙——"李白死来无醉客，可怜神彩吊残阳"。

这个世界上，太多人的酒醉，只是一种浪费。而李白的一辈子，值了！诗酒飘零，无怨无悔。

杜甫：脱逃天王

但凡在历史上有点成就的人，生活中一般都是"脱逃大师"。

你能虐，我敢逃。杜甫就是这样一个人。

在人命如草芥的乱世，幸亏有文字一次次的救赎，否则，以他遭遇的种种逆境，流离各地的生活，孱弱的身子骨，恐怕早就命丧黄泉了。

1

圣历二年（公元699年）秋天，据说吉安县发生了一起罕见血案。吉安司马周季重，在生日宴上被一个陌生少年残忍刺杀，闻讯赶来的保安举刀示警无效，将刺客当场正法。据警方调查了解，凶手只有十三岁，名叫杜并，是在押人犯杜审言的二儿子。

他们之间有什么大不了的仇恨呢？原来，杜并认为父亲是冤枉的，在看守所有生命危险，冲动之下，铤而走险。这桩刑案轰动一时，连大唐当家人、年近八旬的武则天奶奶也做了重要批示，要求彻查。结果，杜审言平反出狱，武则天还提拔他为著作郎、膳部员外郎。

2

有史以来，任性恣肆的文人不少。七世纪九十年代，大唐最狂妄的诗人当数杜审言，也就是杜甫的爷爷。他狂到什么程度呢？作为大唐高级官员培训班的班主任，有一天批改试卷，他叉着腰自我欣赏——"味道见吾判，必羞死"（苏味道看见我的评语，一定会羞愧而死）。

苏味道，吏部二把手，文坛"四大天王"之一，他还有一个更厉害的身份——三百年后北宋天才词人苏东坡的爷爷的爷爷的爷爷。原来杜甫和苏轼还有这种神秘的交集。

……

不过，杜家确实有骄傲的资本，比如他们的先祖杜预，就是晋国超级学霸、军队名将，是三国末期灭吴的主帅。但杜审言同志确实狂得有点过分，一次喝大了，杜审言居然宣称——"吾文章当得屈、宋作衙官，吾笔当得王羲之北面"（写文章，屈原宋玉只配给我打下手；论书法，王羲之也得向我称臣）。因为毫不遮掩，满嘴跑火车，杜审言得罪了不少当权派，这才被下放到江西吉安，而被刺杀的周季重，一直很讨厌杜审言，随便造了个罪名，将他抓捕入狱。

3

很多人钟爱李白，不喜欢杜甫，觉得他太古板太灰暗，从来没年轻过，对这一点，我是不同意的。

杜甫登台之前，先花一分钟介绍他的长辈，只是想证明：杜甫的体内，也有狂放和热血。成年后，他还不时流露这样的情绪——

　　"诗是吾家事"。(《宗武生日》)

　　"吾祖诗冠古"。(《赠蜀僧闾丘师兄》)

　　写诗是我们杜家的事，你们就别掺和了！

　　囚徒认为，李白的荷尔蒙是瞬间爆表，直冲云霄，而杜甫的荷尔蒙，只有压缩时间，你才能感觉到它的汹涌澎湃。

4

　　文学意义上的盛唐，其实由李白和杜甫的一辈子构成，准确地说，是李白的前半生，杜甫的后半生。他们最优秀的作品，都产于那个时期。

　　盛唐是什么感觉？流动性极其泛滥，人们视域空前开阔，精神需求得到极大满足。随之而来的政治危机（安史之乱），令大唐调头向下，从此一蹶不振。李白和杜甫，都要感谢那个光怪陆离、苦难深重的世界，因为没有内心的坚持与挣扎，他们无法长成唐诗的两座巅峰。对于杜甫来说，尤其如此。

　　能想象吗？一个漂泊在外的读书人，要名气没名气，要地位没地位，要金钱没金钱，人间所有苦痛，他都尝了一遍。一般人，

清宫旧藏杜甫画像

可能就此沉寂无声，自生自灭了。可是这个人很坚韧，黑暗中，他无数次昂起头，强撑病体，写了一千四百首诗，三天一更，频率惊人，直到他离开人世，这需要多大的勇气和毅力？

5

杜甫的家世渊源，比李白不知道强到哪儿去了。众所周知，在接受记者采访时，谈及自己的出生地，李白总是遮遮掩掩，顾左右而言他，越是这样，人们越是猜疑他的身份。

杜甫就不同了，十九岁之前，他是一个富二代，没挨过饿，受过冻。有一段时间他成绩很不好，怎么说呢？看他的排名，就知道他们班上有多少人，因为他讨厌填充式教育，他只想出去浪，在家里闹了多次。

公元 731 年，老人拗不过他，终于批准他的深度游计划。在千里之外的吴越、齐赵，杜甫一浪就是十年。中途曾短暂回乡，参加全国统一科举考试。那是他的第一次，结果很残酷：落榜！他并不在乎这个结果，认为只是个意外。回到旅途，整理心情，二十五岁的他在泰山写下一首名诗：

望 岳
岱宗夫如何，齐鲁青未了。
造化钟神秀，阴阳割昏晓。
荡胸生层云，决眦入归鸟。
会当凌绝顶，一览众山小。

别看我今天落榜了，以后我就是主峰，你们只是小山包！他坚信：自己的未来，一定是鲜衣怒马、花团锦簇。

与佛教徒王维、道教徒李白不同，杜甫是一个坚定不移的儒学主义者，儒生们信仰什么呢——除非碰到暴虐的君主，一定要积极入仕，辅佐明君，服务百姓（《论语》："不仕无义。君子之仕也，行其义也"）。杜甫跟其他读书人一样，将做官当成了人生唯一追求，他完全没有意识到，那是一条坎坷路，不归路。一般认为，他的贤臣梦就是从《望岳》那首诗开始萌芽的，这个梦想，跟李白的侠客梦一样，折磨了他们一生。

泰山日出

6

公元 747 年，杜甫三十五岁。第一次来到繁华的长安，各种外国面孔、杂耍、香料、时装、动物，令他眼花缭乱，更令他兴奋的是，他发现了很多舞文弄墨的同道中人。他的日常，就是不停加入各种微信群，向那些大神发出好友邀请，他的社交圈不断扩大，然后各种喝酒、唠嗑、对诗、唱 K……可能那段生活实在太难忘，他专门创作了《饮中八仙歌》——

知章骑马似乘船，眼花落井水底眠。

汝阳三斗始朝天，道逢麹车口流涎。

……

李白斗酒诗百篇，长安市上酒家眠。
天子呼来不上船，自称臣是酒中仙。

（明）唐寅 绘 《临李公麟饮中八仙图卷》局部

这首诗在杜甫的作品中是异类，少有的轻松诙谐——文坛前辈贺知章爷爷喝完酒，骑马就像在乘船，身体摇来摇去，有一次掉进井里，还熟睡不醒；皇族第一帅哥、汝阳王李琎差不多喝醉了，才去拜见大伯唐玄宗，路上碰到酒车，流了一地口水，他还开玩笑说，要把自己的封地迁到盛产美酒的酒泉去；李适之的银行卡，每天都要刷爆，因为他太能喝了；著名社会人、帅哥崔宗之猛喝一口，两眼仰望天空，旁若无人，像棵树一样迎风飘舞；最牛叉的还是李白，一沾酒就要吟诗，嘴巴堵都堵不住。皇帝发出求吹捧的强烈信号，李白却一口拒绝，说自己是酒中仙人，不归皇帝管。瞧大家多自由、多high！

开元盛世，给了大唐四十年的春梦。美酒和诗篇是当时最好的媒介，不仅模糊了等级，还凝聚了人心，如果生活一直那样过，那该多好？

7

可是，进入中年，杜甫心痛的次数越来越多了。三十五至四十四岁，他在长安漂泊十年，一心做官，最终却成了官场的一个笑话。公元747年，唐玄宗下令，天下人才入京赴试，杜甫找来历年真题，好好做了一番准备，结果没有一个人被录取，因为特别会来事的宰相李林甫，要营造一种"明君治下，野无遗贤"的假象。很多远道而来的考生当场就哭了，不带这么欺负人的！杜甫连走路都有点踉踉跄跄。他受不了，要出去散心。临行前，他想起经常提携自己的尚书左丞韦济，给他写了一首长达二百二十字的告别诗——

奉赠韦左丞丈二十二韵

纨绔不饿死，儒冠多误身。

……

读书破万卷，下笔如有神。

……

自谓颇挺出，立登要路津。

致君尧舜上，再使风俗淳。

这个社会太丑恶了，再有才华有理想的人，也会遭受种种不公。我不服！

8

不服不行。生活就是你不如意时倒下来的一堵墙，仕途不顺，杜甫的生活更是雪上加霜。随着父亲的去世，他失去了生活来源，不能再啃老，全家消费严重降级，清晨，杜甫不得不摸黑上山采药，然后到长安东市摆地摊。很多次，他带一家人去朋友家蹭饭，但生活再难，他的理想还是锃亮锃亮的。一天清晨，他记录了自己的梦境——

主上顷见征，欻然欲求伸。
青冥却垂翅，蹭蹬无纵鳞。
甚愧丈人厚，甚知丈人真。

（我就像折翅的飞鸟，跃不过龙门的鲤鱼，总有一天被皇帝征召，大志可以施展）这种痛苦的生活，四百年后引发了一位著名粉丝的强烈共鸣——

题少陵画像
陆游
长安落叶纷可扫，九陌北风吹马倒。
杜公四十不成名，袖里空余三赋草。
车声马声喧客梦，三百青铜市楼饮。
杯残炙冷正悲辛，仗内斗鸡催赐锦。

最初乐观热烈，后来苦闷愤懑，生活就像一个大磨盘，辗得人粉身碎骨，杜甫逐渐从一个理想主义者，游离为一个现实主义者。

9

众所周知，杜甫没有李白的粗犷，也没有王维的颜值，也就没有玉真公主那样的贵人加持，眼看着机会一个个溜走。一眨眼过了四十岁，仍然一事无成，"时间都去哪儿啦？还没好好感受年轻就老了。"柴米油盐半辈子，转眼就只剩下满脸的皱纹。偶尔，他也闹点情绪，怀疑儒学——

儒术于我何有哉？孔丘盗跖俱尘埃！

没办法了！他决定直接向大老板（皇帝）邀宠。其实杜甫是一个天生的蹭热点高手，下半生，这个优势将被他发挥得淋漓尽致。

（清）上官周 著《晚笑堂竹庄画传》之杜甫像

公元 752 年，杜甫四十一岁，蹭热点元年，当年玄宗举行了三场重大活动：朝献太清宫、朝享太庙、合祭天地。杜甫像打了鸡血，接连创作《朝献太清宫赋》《朝享太庙赋》和《有事于南郊赋》。玄宗看后，觉得这个马屁拍得到位、舒坦，于是命杜甫待制集贤院，也就是说，杜甫获得了当官的资格。这个地方，大致相当于少林寺的藏经阁。可是官场的事，等不得，往往一等就黄，杜甫拿着皇家白条，足足等了四年。

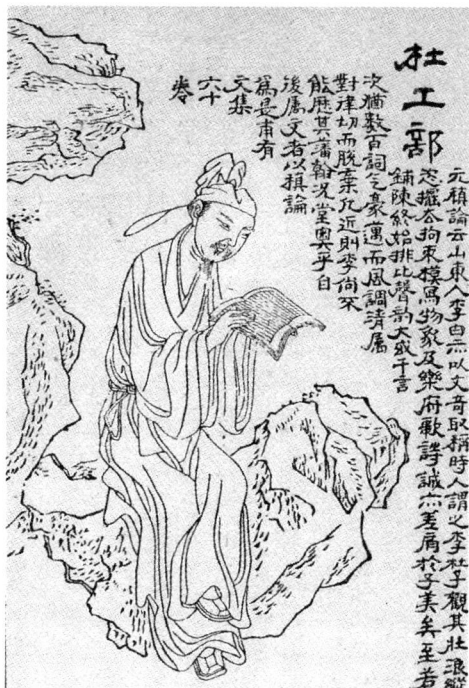

10

公元755年，迟钝的组织部门终于想起了这个读书人，让他去做河西县尉（治安官），杜甫觉得官位太低，无法施展，没有接受。后来他才知道，官职这种事，没有最小，只有更小。组织部又安排他去做右卫率府胄曹参军，这个八品不到的岗位，主要负责看守兵器，还不如县尉。这次他接受了。接受，是因为生活过于窘迫。他在诗中说："不作河西尉，凄凉为折腰。老夫怕驱走，率府且逍遥"，再不参加工作，大概就真的活不下去了。

……

可是，老天似乎在跟杜甫开玩笑。上班没几天，他请假回奉先探亲，未曾想，北方爆发了一场惊天动地的政治危机，直接打击了大唐的中枢神经，新官杜甫失业了。原来，他注定是官场的局外人。

11

公元755年秋天，大情种李隆基像往年一样，带着杨贵妃到华清池休沐。这是他们相识相知相恋的第十八年，也是杨玉环成为贵妃的第十年。太平日久，所有人都沉浸在盛世之中，事实上，玄宗已经坐在火山口上。

这次危机酝酿多年，是朝廷政治腐败、国内经济低迷和一系列社会矛盾的总爆发。最初，没有人相信造反是真的——玄宗、贵妃对安禄山不错啊。这些都是假象。等朝廷手忙脚乱开始调兵应对的时候，战争已经爆发一个月，叛军已经打到长安附近。清代文学家赵翼在《题遗山诗》中写道："国家不幸诗家幸"，安史之乱，是大唐国难的开始，同时是杜甫辉煌人生的起点。

徐操 绘《兵车行》

从公元 755 年开始，到公元 770 年离世，杜甫很忙，创作诗歌超千首，且精品不断，看看下面这些金句，

——国破山河在，城春草木深。

——今春看又过，何日是归年？

——晓看红湿处，花重锦官城。

——随风潜入夜，润物细无声。

——烽火连三月，家书抵万金。

——露从今夜白，月是故乡明。

真是句句催泪。完了吗？没有，还有好多，关于应酬、咏怀、羁旅、宴游、山水……

——无边落木萧萧下，不尽长江滚滚来。
——白日放歌须纵酒，青春作伴好还乡。
——正是江南好风景，落花时节又逢君。
——出师未捷身先死，长使英雄泪满襟。

是不是看得很过瘾？

12

《自京赴奉先县咏怀五百字》，从标题上看，平淡无奇，像篇生活流水账，但是，这首诗却是他在文坛崛起的标志，尤其"朱门酒肉臭，路有冻死骨"，更是名垂青史。触发他情感的，是一个十分凄惨的故事。当时他回家探亲，刚走到门口，就听到妻子杨氏凄厉的哭声，原来，由于生活拮据，他的小儿子活生生饿死了。这个瘦弱的中年男人，呆坐在门口，深埋着脑袋，无声地啜泣，对于这个家，他始终是亏欠的。

即使放到现在，他也是个晚婚模范，三十岁才结束单身。新娘是大唐司农少卿杨怡的女儿，要貌有貌，要德有德，而当时杜家已现没落之势——杜甫的父亲杜闲只是低级干部，怎么看，这门亲事都有点门不当、户不对。但每个男人都有自己的优势，新郎杜甫特别朴实，十分诚恳，他向杨家承诺，今后无论顺境还是逆境，贫穷还是富有，他一定会与杨氏风雨同舟。事实上，他做到了。

大唐文化圈，"文人无行"是一种变态的时髦。很多诗人不仅利用女性寻找创作灵感，还为了小三不惜抛弃原配，某些著名诗人，频繁出入青楼，写了不少艳诗，这里就不点名了。只有杜甫，从来不写艳诗（婚姻诗倒有三十五首），也从来没有绯闻，安安静静、认认真真、心怀感激，在老婆身边守了一辈子。虽然这是一个男人的本分，但抵抗世俗诸多诱惑，又有几个男人能做到？说他至善，也是不为过的。

13

他的善良还体现在对朋友上。公元756年，前宰相房琯与叛军作战，兵败陈涛斜，房琯是个好同志，我们不能苛求一个文人有多高的作战水平，但他还是被唐肃宗处分了。当时杜甫刚冒险逃出长安，穿过对峙的两军来到凤翔，被肃宗授为左拾遗。对房琯事件，所有人都保持沉默，只有杜甫站出来为他说话，"房琯有才，不宜罢免"。肃宗震怒，将杜甫贬为华州司功参军，专管莫名其妙的杂事。

还有严武，他晚年最重要的朋友，没有之一。公元757年，战事吃紧，为了家人安全，杜甫不得不随大批流民逃入四川地区，在那里，他认识了小自己十四岁的严武。严的诗很普通，但他是功勋军人，曾两次镇守四川，最关键的是，他是杜甫的忠实粉丝，在成都，他为偶像盖了一座草庐，长期买不起房的杜甫终于有了安身立命之所。他的创作突飞猛进，据统计，草庐四年时间，他写诗两百四十余首。

历史上，杜甫有很多名字：杜子美、杜少陵、杜工部、杜拾遗……但囚徒估计，他最喜欢的名字应该是——杜草堂。

所有外在的东西，最终都会消失于无形，只有回归自然，他内心才有自洽感。他感激严将军，为此，对仕途失望的他，又破

唐戈 摄 成都杜甫草堂

例去做了一回幕僚。乱世中，唯有抱团取暖。可惜严武短寿，只活了三十九岁。严武死后（公元765年），杜甫不得不重归漂泊，那是他一辈子最后的五年。

14

杜甫有一种神奇的能力，他很接地气，能将所有素材软化，写到读者的心里去，也就是现在我们常说的"入脑入心"。

律诗本来是一种对格律、字数要求十分严格的文学作品，很多时候，有了工整，没了灵动；有了严密，没了疏畅。很多诗人尝试过挑战，不过都失败了，杜甫却成功了。创作时，他随意立题，尽脱前人窠臼，作品既有建筑的对称，又有溪水的灵动，还具有很强的实录精神，无疑，他在借鉴司马迁的写史风格。为什么只有他成功？有人说，这是一种天赋，强求不得，其实，这更是一种勤奋。杜甫自述创作过程，无一字无来处，为了诗句的完美，一琢磨就是一整晚（"为人性僻耽佳句，语不惊人死不休"）。更多作品，与他那颗孤独、敏感的心有关。

公元767年，四川夔州，杜甫翻了翻朋友圈，发现"饮中八仙"都已逝去多年，禁不住泪流满面，在江边石桌上，他写下了穿越历史的名篇——

登 高

风急天高猿啸哀，渚清沙白鸟飞回。

无边落木萧萧下，不尽长江滚滚来。

万里悲秋常作客，百年多病独登台。

艰难苦恨繁霜鬓，潦倒新停浊酒杯。

这是一篇急就章，从打腹稿到创作完成，不足一个时辰。文章，就应该有感而发。

15

他的身体一直不太好，那些病痛，诗句里都有记录：

——缘情慰飘荡，抱疾屡迁移。（痛风）

——疟疠三秋孰可忍，寒热百日相交战。（疟疾）

——头白眼暗坐有胝，肉黄皮皱命如线。（眼疾）

——我如长卿病，日夕思朝廷。（糖尿病）

——此身漂泊苦西东，右臂偏枯半耳聋。（偏瘫、耳背）

我认为，他最大的压力，来自文学创作，他是一个完美主义者，有近似自虐的创作过程。一字一句，成就了他，也压垮了他。

……

他最后的诗句是在岳阳楼上写就的。当时，他与家人被洪水围困了九天，幸亏有乡亲救助，一周后，终于缓过神来。登上岳阳楼，他沉默了很久很久，然后，他哭了。在这里，他看到了恢宏历史，看到了万千气象，他用尽最后一丝力气，写出了《登岳阳楼》——

> 昔闻洞庭水，今上岳阳楼。
> 吴楚东南坼，乾坤日夜浮。
> 亲朋无一字，老病有孤舟。
> 戎马关山北，凭轩涕泗流。

他确实很爱这个世界。通过一千多首诗，他也表达了对这个世界的关切，正因为站得高，看得远，想得深，人生才痛苦。现在，他不得不跟这个世界告别了，很遗憾，这辈子，朋友有限，仕途有限，才华有限，就连粉丝也有限，还有很多要写的，只是时间来不及了。"我要走了"，从此，你们再也看不到我的新诗。如果一定要有个告别词，就用我在《新安吏》里写的那十个字吧——"眼枯即见骨，天地终无情"。

16

就像世界上诸多最知名艺术家一样，杜甫死后比生前名气大得多。在唐代，他是一线诗人，却只有三流名气，从未上过头条，白居易、韩愈曾高度评价过他，但当时李白、王维等大神的名声太盛，他这样低调的诗人没有引起人们的注意。突破来自于大诗人元稹，在杜甫墓迁葬的时候，他应杜家之邀撰写墓志铭。写软文总得有文案，一研究，他差点惊到了，原来杜甫的诗那么牛，真是越读越有味道！

确实，杜甫的作品不像李白，第一句就让人目瞪口呆，他的诗，是需要有点阅历的人来读的，读不懂，说明你阅历不够。墓志铭怎么写，元稹心里有谱了——

> 则诗人以来，未有如杜子美者，是时山东人李白，亦以奇文取称……诚亦差肩于子美矣！

为了赞美杜甫，居然不惜贬低外星人李白。

……

到了宋代，就更热闹了，众多大家纷纷表白杜甫，为杜诗作注解者超过千人，中国文化史上，无人出其右。作为超级杜粉，改革家王安石说："予考古之诗，尤爱杜甫氏作者。"一次见到杜的画像，这位当朝宰相膜拜再三，泪流满面，并称"愿起公死从之游"。欧阳修说："至甫，浑涵汪茫，千汇万状，兼古今而有之。"黄庭坚更过分了，到处自诩杜甫转世，他创立的江西诗派，全派以杜为师。去年我专门写过文天祥，在文末提出一个问题：为什么地球上最强大的军队、最凌厉的砍刀，却不能使这位民族英雄屈服？现在有了答案，因为他的精神偶像是杜甫（其《文山集》集纳杜诗两百首）。

很多人说，时间是永远没有对手的。这句话说错了，即使相隔千年，人们也可以心灵相通，时间完败。

17

国外有位文豪说，悲剧就是把所有苦难放在一个人身上，喜剧就是把所有奇迹放在一个人身上。如此说来，杜甫的人生确实很悲剧。生活锋利，割得人体无完肤，但别向困难低头，否则只会更惨，杜甫就是这样一个生活的斗士，跌倒了又怎样，哭一会再爬起来。他的精神力量，主要体现在哪些方面呢？

——宽容。一个小气的人永远不会有大成就，对朋友宽容，对自己也要宽容；

——同情。没有哪一种情绪比悲天悯人更伟大，更动人，要在乎他人的苦难，纾解他人的苦难；

——忍耐。生活哪有什么秘诀，忍耐就是一切，奇迹都是在厄运后的等待中出现的；

——爱国。上悯国难，下痛民穷，不是空喊口号，而要深入一个人的内心深处、根根神经；

——逆商。杜甫一辈子以逆境为伴，罗曼·罗兰说："累累的创伤，就是生命给你的最好的东西，因为每个创伤都标示着前进的一步"；

——孤独。有人说，杜甫写出"飘飘何所似，天地一沙鸥""百年歌自若，未见有知音"，实在是孤独到了极致。可是，囚徒看出了他的悠然自得，一旦习惯孤独，它就是你最好的朋友；

——自律。一个自我要求甚高的人，不一定会有大成就，但一定会有好德行；

——幽默。一次杜家被盗贼入侵，杜甫为贫穷而庆幸，他写诗打趣道，"侧闻夜来盗，幸喜囊中净"。漫长人生路，没有幽默助力，很难熬到天亮。

小说家巴尔扎克说："在人生的大风大浪中，我们要学船长的样子，把笨重的货物扔掉，以减轻船的重量。"这说的不就是杜甫吗？一次次创作，一次次放空自己，从现实中脱逃。人该如何度过一辈子？杜甫为我们做了最好的示范，用十个字足以概括——对他人要善，对事业要痴。

18

跟李白交往一年，温暖了杜甫一世。

公元 744 年暮春，洛阳，他们见面了。李白四十三岁，杜甫三十二岁，两人一生中最好的年华。因为狂妄，以及跟杨贵妃的绯闻，李白刚被踢出皇宫，玄宗还给李白留了点面子，送他伴手礼和几锭金元宝。诗仙第一时间来到小酒馆，想喝个痛快，毕竟是春天，一切充满希望，心情自然不坏。"先来五斤白酒，"刚进门，李白就朝店小二喊道。正值下午，酒客不多，一位瘦弱的读书人，悄悄地走到李白的酒桌边，他就是杜甫。当时李白已经名满天下，皇宫三年翰林生涯，更令他妇孺皆知，对李白大哥的才华，杜甫是拜服的，这次偶遇更令他惊喜万分。"我叫杜甫，喜欢诗歌，来自河南，刚刚落榜，"杜甫小心翼翼地自我介绍。

那些年，李白见过的文学青年太多了，作品都很平庸。几天前就有个富二代请他指点诗作，朋友托的，李白不好推辞，瞟了一眼，他就后悔了，那首歪诗开头就是——

早上我以为自己长大了，原来是被子盖横了。

19

可是眼前这个穿蓝衫的年轻人，似乎不一样，具体怎么不同，一时说不上来。

"今天没去上班吗？"李白再次确认眼神，声音和缓。

"一直还没找到工作哩！"杜甫尴尬地笑了一下。

李白的心忽然有些隐痛，天下该有多少这样的痴人？"不如，你跟我去寻仙吧，"说出这句话，连李白自己都有点惊讶，他很少对粉丝这样，何况是首次见面的男粉丝。然而，有一种强大的直觉支配着他。

"好的好的，太白老师，"杜甫受宠若惊道，"反正最近没什么事。"那时候杜甫还不用为生活发愁，毕竟父亲还是兖州司马。

他们结伴出发了，在路上，他们遇到了一个脸上布满青春痘疤痕的诗人，名叫高适，对，就是那个写出"莫愁前路无知己，天下谁人不识君"的家伙。他们从开封出发，一路浪到山东地界，边寻仙边打猎。杜甫每天都要写日记，记录与李大哥的片断，"醉眠秋共被，携手日同行"。两人还合作写诗——"诗圣""诗仙"共同出品，多么令人激动的盛事！

20

第二年，山东兖州。杜甫再次见到李白，经过一年多的交往，两人已是无话不谈。李白没什么变化，依然笑容满面，就是眼角的皱纹多了些。喝完酒，他戴着斗笠去杜甫的菜地里看了看，迎着夕阳，身披霞光，吟了一首诗——

戏赠杜甫

饭颗山头逢杜甫，顶戴笠子日卓午。

借问别来太瘦生，总为从前作诗苦。

兄弟啊，你看你都变瘦了，写诗别那么拼了！两人拥抱作别，从此再未见面。

……

之后，杜甫真的将李白当成了精神上的寄托。本来，他们的创作属不同类型，李白是倾泻而出，不可遏抑，就像《庄子》和

《离骚》；杜甫是犹犹豫豫，千锤百炼，就像《史记》和《左传》。但仔细一看，他们一个写大唐之盛，一个写大唐之衰，共同完成了五千年文学史上的最美拼盘。

李商隐：情诗之王

1

　　这个世界上，人人都谈过恋爱，有的还谈过很多次，但能用文字准确传递出内心感觉的人，极少。在这方面，裴多菲、泰戈尔、拜伦做得不错。我认为，晚唐诗人李商隐，就是中国的裴多菲、泰戈尔，就算最铁石心肠的人，看到他的情诗，目光也会变得柔和起来。中国诗人成千上万，为什么只有李商隐能写出那么高水准的情诗？别的暂且不说，他体内的荷尔蒙是到位的，根据资料统计，李商隐同志一生谈的恋爱，至少有五次。著名精神病医生弗洛伊德说，人的性本能是一切本能中最基本的东西。

　　只需分析一下他所处的时代、他的个人经历，就没有什么好意外的了，这个人是天生的情感大师，他用自己独有的灵感和触角，抵达了人类精神的深处。

2

公元813年，李商隐出生。那个时候，跟大唐的发展曲线一样，唐诗也经历了最辉煌、最暗淡的时刻，晚唐诗坛，就剩"三驾马车"在苦苦支撑，他们是李商隐、温庭筠、杜牧。有唐一代，浪漫诗是李白、李贺的天下，现实诗由杜甫、白居易等人主宰，没办法，"三驾马车"只能选择主攻情诗，要写出一首像样的情诗，哪那么容易？

先让我们简单回顾一下中国情诗的历史。《诗经》是中国古代爱情诗大全，或热烈、羞涩，或勇敢、闷骚，但写得最多的，还是思念。开篇便是"关关雎鸠，在河之洲。窈窕淑女，君子好逑"，此外还有"一日不见，如三秋兮""执子之手，与子偕老"等名言，当年我有很多同学在追女孩时，都曾抄袭里面的句子，但我最偏爱的，还是下面这首——

静女其姝，俟我于城隅。爱而不见，搔首踟蹰。

意思是，娴静的姑娘哟真可爱，约我在城角楼见面，故意躲起来让我找，我急得抓耳又挠腮！一个约会少年的急切心情，被刻画得入木三分啊！（恋爱中的男青年都很急躁，你懂的）孔子评价说，《诗经》里的作品，写的都是纯爱呀，我喜欢！（"诗三百，一言以蔽之，思无邪"。）

到了汉乐府的《上邪》，爱情已经变成了一种信仰——

山无陵，江水为竭。

冬雷震震，夏雨雪。

天地合，乃敢与君绝。

3

唐朝，情诗的又一个巅峰。初唐著名的单身狗卢照邻写道："得成比目何辞死，愿作鸳鸯不羡仙"，中唐的崔护因为失恋，写出刷屏级作品《题都城南庄》，也是惊艳——

去年今日此门中，人面桃花相映红。
人面不知何处去，桃花依旧笑春风。

紧接着，大帅哥元稹写了一首《离思》——

曾经沧海难为水，除却巫山不是云。

文坛领袖白居易当然不能落后，他憋出了一首长长的《长恨歌》，"在天愿作比翼鸟，在地愿为连理枝"，表面上写的是玄宗玉环之恋，实际上寄托了自己对杨贵妃的暗恋。

……

晚唐诗人为了突破创作瓶颈，到处寻找灵感，也是拼了。温庭筠老师一辈子都在调研闺情，写出了"玲珑骰子安红豆，入骨相思知不知""过尽千帆皆不是，斜晖脉脉水悠悠"那样空灵的句子；杜牧老师不惜名誉，卧底青楼（杜老师在历史上号称"青楼第一诗人"），终于写出"十年一觉扬州梦，留得青楼薄幸名"，可谓呕心沥血。他们的情诗已经很精彩了，但与李商隐的比起来，总觉得还差一个身位。李商隐下笔，虽然没有特别华丽的词藻，不知不觉却撩得读者情绪万丈——

无 题

相见时难别亦难，东风无力百花残。

春蚕到死丝方尽，蜡炬成灰泪始干。

晓镜但愁云鬓改，夜吟应觉月光寒。

蓬山此去无多路，青鸟殷勤为探看。

不知道说什么好，就是觉得特别形象，特别贴切，读后除了拜服，还是拜服。爱情，确实是这个世界上最美好、最刻骨铭心的东西啊！

4

李商隐的情诗之所以成功，有两大秘诀。

首先，他的情诗脱胎于唐代另外三位著名诗人，他们分别是李白、杜甫、李贺。李白一辈子结了三次婚，还跟杨贵妃、玉真公主等人闹出绯闻，情感经历比较丰富，但是诗仙从未在诗作中思念一个女人，连他老婆要出家修道，他也表现得漠不关心，可能这就是孤傲吧?! 李贺将自己的情感嫁接在鬼神身上，同样是中国古代文化界一道奇特风景，他是李商隐的奇幻象征课老师。

此外，李商隐还系统学习了杜甫的精细严谨，一般来说，情诗的特点是情感充沛，但逻辑不清。李商隐的作品没有这个缺陷。

……

李商隐的爱情实践，对他的创作来说，重要作用更是不可替代。人的生命或漫长，或短暂，我们无法选择生命的长度，却可以创造生命的宽度。李家似乎有短命基因，李商隐的曾祖李书恒只活了二十九岁，他的祖父李俌、父亲李嗣，也没有活过三十岁，李商隐虽然享年仅四十五岁，但他的生命像耀眼的彗星，划破了中国文化的夜空。

5

李商隐不到二十岁的时候，认识了荷花，那是他家乡的一个女孩，两人感情稳定，你非我不娶，我非你不嫁，可是当他快要赴考的时候，荷花却生了重病，终告不治。李商隐为她写了一首悼念诗——

荷 花

都无色可并，不奈此香何。
瑶席乘凉设，金羁落晚过。
回衾灯照绮，渡袜水沾罗。
预想前秋别，离居梦棹歌。

翻译过来就是，没有一种花，能撼动荷花的地位，每当我想她，就会到池塘边去走一走……

后来，他爱上了十七岁的柳枝，那时他二十岁出头。作为洛阳富商的女儿，柳枝十分倾慕李商隐的才华，尤其喜爱他写的《燕台诗》，于是开始倒追，李商隐也喜欢这个热烈大胆的女孩。但生活跟他开了个玩笑——一个爱好恶作剧的朋友，在他赴柳枝姑娘的约会前，偷偷将他的行李带到长安，李商隐不得不出发追赶行李。痴情的柳枝没见到情郎，也没收到一句解释，等李商隐一年后回乡，柳枝姑娘迫于家族压力，已经嫁给当地一个公务员。李商隐为此很是痛苦，一口气写了五首诗，也就是著名的《柳枝五首》。

漂亮时尚的女道士宋华阳，是他在河南玉阳山避雨时认识的，在共用一把雨伞后，两人再也无法容忍没有对方的生活。因为宋华阳后来要随公主回宫，这段感情同样无疾而终。

......

公元 837 年（开成三年）春天，李商隐一辈子注定的那个人出现了，如果说前几段感情是铺垫和酝酿，那这次他是爆发了，对方是他的上司、泾原节度使王茂元的女儿。婚后两人的感情很好，但是为了生计和功名，他不得不奔走四方，一次又一次告别温馨的小家。

(清) 上官周著《晚笑堂竹庄画传》之李商隐像

公元 851 年，李商隐自四川回家，一路上感叹自己的人生际遇，特别思念妻子，写下那首著名的《无题》——

> 昨夜星辰昨夜风，画楼西畔桂堂东。
> 身无彩凤双飞翼，心有灵犀一点通。
> 隔座送钩春酒暖，分曹射覆蜡灯红。
> 嗟余听鼓应官去，走马兰台类转蓬。

与之前写的情诗相比，他给妻子写的作品更情深意重，直接击中人心之中最柔软的地方。后来他才知道，在写下这首诗的时候，妻子已经病亡。人生为什么要这么捉弄人？

6

李商隐是第一个将女性放在平等地位的诗人，这跟那些以女色慰藉寂寞的轻薄才子相比，是完全不同的。仍以晚唐"三大高手"为例，杜牧和温庭筠追求的是"娉娉袅袅十三余，豆蔻梢头二月初""懒起画蛾眉，弄妆梳洗迟"带有性暗示的爱情。而李商隐重精神沟通，追求的是"心有灵犀一点通"那样的自在境界，你的心情，自不必说，我全都懂，一个眼神、一抹微笑、一次抿嘴……懂得，是两性相处的最高境界。他的作品，甚至假想自己就是女性，借她们的口吻，道出生活的辛酸和苦闷。

……

他所有的努力，都是在怀念至爱，寻找美好，不然，人活得再长，又有什么意思？实际上，他也在为自己不得志的人生找一个出口，这个出口很难找，很多人找不到，不代表没有。有一次，几个年轻人慕名来看李商隐，问了他一个问题，"请问李老师，如何走出人生的阴霾"？

"多走几步。"

刘禹锡：匈奴诗豪

1

如何留名青史？只需要一个要素：个性鲜明。看历史上那些古人，就是如此——有的不管不顾，敢说敢做；有的小心翼翼，瑟瑟缩缩；有的阴险毒辣，杀人如麻；有的温润如玉，春风拂面。他们将人的个性，演绎得淋漓尽致。经常与他们交流，翻看他们的故事，对自己也是一个丰富和完善的过程。

……

尤其是逆境，每个古人，不管他们的人生如何多面，如何精彩，他们身处逆境时的选择，值得我们借镜自观。因为困难挫折，极为凶猛，要抵御它，一个人必须积蓄巨大的能量。仅仅依靠自己，想从残酷的逆境中站起来，基本没戏。忘了是谁说过："人生的路再长，一步一步，终有一天会走完；人生的路再短，没有迈开双脚，永远无法到达。"它强调的是行动的重要性。在这个过程中，朋友的力量，实在不容小看。刘禹锡的一辈子，就是在朋友的鼓励下走过来的。

2

刘老师生活在唐朝中期，性格孤傲倔强，而且一倔就是几十年，从不屈服于现实。不少人跟我说，拜托，解读一下刘老师的内心世界——他这么倔，为什么？凭什么？其实我们应该感谢他的驴脾气，否则我们根本无法记住他。历经苦难，他终成改革斗士，著名诗人。在与逆境斗争、苦苦支撑的日子里，他写下了无数名句：

> ——东边日出西边雨，道是无晴却有晴；
> ——玄都观里桃千树，尽是刘郎去后栽；
> ——旧时王谢堂前燕，飞入寻常百姓家；

还有，

> ——自古逢秋悲寂寥，我言秋日胜春朝；
> ——长恨人心不如水，等闲平地起波澜；
> ——沉舟侧畔千帆过，病树前头万木春；
> ……

以上作品，有的一句三叹，有的不屑一顾，都是荷尔蒙迸射的结果，不用查阅资料，每一句都是囚徒当场默写出来的。他还有一篇非常著名的作品，我们初中语文课本里都有，开头便是——

> 山不在高，有仙则名，水不在深，有龙则灵。

《陋室铭》，空前绝后，作者的孤傲和自得，一览无余。作为匈奴人后裔，他却颇得汉文化精髓。后人称之："诗豪"。

3

为探究他的内心世界，我翻看了上百万字资料，包括最厚的传记。如果你问我有什么发现，我想说，他的一生，实在太精彩了，人做到那个地步，死而无憾！精彩的原因，是因为中唐虽然比不上盛唐那样大师辈出，但也是一个风云际会的年代，他的人生，与众多大咖有交集，后来，他自己也成了大咖。

刘禹锡，字梦得（我据此给他取了个英文名，Mond Liu），他的人生迁徙经历，跟李白有点相似，李白出生于碎叶城，后来随父搬到四川江油；刘禹锡的祖上也来自大西北，祖先曾给北魏皇室当过言官，后跟随皇帝搬到大城市洛阳。年轻时，他曾特别在乎自己的出身。不止他一个，唐朝很多文人都有这个毛病，几乎成为畸形时尚，即找一个皇室成员或知名人士做祖先（李白、李贺都反复声称，自己是皇亲国戚）。刘禹锡早期有不少酬赠诗，就对别人的门第显露出赤裸裸的羡慕，他特别点赞崔倕的门第，简直五体投地（"崔氏之门……入于姻党，无第二流，言门阀者许为时表"），老崔与五个兄弟，全是朝廷高官，地位最高的一个成了宰相。后来连唐宣宗都很感慨，专门为崔家题写匾额"德星堂"。

在八百多字的《子刘子自传》中，刘禹锡称自己是刘胜的后代，刘胜这个名字，可能大家比较陌生，他的 title 说出来可能会吓你一跳——西汉景帝与贾夫人之子，中山靖王。刘禹锡之前大约一千年，也有人声称自己是刘胜的后人，他的名字叫作刘备（虽然没多少人相信）。很多专家找到的证据显示，刘禹锡是匈奴人的后裔，这也没什么奇怪的，因为他的好朋友元稹就是鲜卑人后裔，白居易是龟兹人后裔，但他们最后都成了汉文化的杰出代表。文化，永远不分国界，不分民族。

4

刘禹锡的七代祖于北魏时期（公元386至公元534年）迁居洛阳，其祖坟在城北山区，刘家很重视文化教育，到父亲刘绪这一辈，已是资深儒士，在科举中高中进士。天宝十四年（公元755年），"安史之乱"爆发，刘家为避祸，举族东迁至浙江。也就是说，刘禹锡的人生经历，是从江南的安定与繁荣、"春深风日净"中开始的。他的母亲卢氏是保定人，生下刘禹锡时，已四十多岁（听说年纪大还有生育能力的人都活得久，很有道理，卢氏几乎活到了罕见的九十岁）。

刘绪到浙江后，先后在几个节度使手下当幕僚，后"加盐铁副使"，病逝于扬州。加盐铁副使，这个经济类岗位极为重要。众所周知，中唐时期，江南是全国的经济支柱，虽然"安史之乱"重创李唐王朝，但它还能维持一百多年不倒，就是因为江南的财力支撑。家境好，又是家中独子，很多人认为刘禹锡应该娇生惯养。事实上，刘家规矩极多，家教极严，刘禹锡在江南生活，一直度过自己的十八岁生日，他曾在作品中回忆那片热土，充满感情（"余少为江南客"）。那些年，韩愈、柳宗元、白居易、孟郊、李贺等几位知名作家都在江南旅居徘徊，相似的人生经历，也是这几位大作家后来聊得投机、互相支持的重要原因。

5

即使江南相对稳定繁荣，在刘禹锡的少年时期，浙江地区还是出现了多支游击队伍，社会严重不稳定，连年上访者众，史料记载说，唐代宗宝应元年（公元762年），"三吴饥，人相食""淮、湖之境，骸骼成岳"，这似乎与大家对江南的印象有很大出入。

刘禹锡随父亲走访基层，深感改革之必行，他在《学阮公体三首》中写道："昔贤多使气，忧国不谋身。目览千载事，心交上古人。"翻译过来就是——古贤都坚守着正直的气节，忧国忧民从来不谋求私利。我目览青史搜求前贤事迹，我的心和他们连在了一起。小小年纪，已经以身许国。

6

江南，历来是文人墨客喜爱之地，美景、美食、美女，是产生美文的最佳温床，刘禹锡从小就耳濡目染，培养了一生的文人气质。他酷爱学习，对自己高标准严要求，后来成为宰相的权德舆回忆说，在浙江第一次见到刘禹锡，只见他头发束成两个牛角，衣服上有象骨制成的装饰品，一看就有教养有底蕴。权老师也是个神人，四岁会写诗，十五岁已经在各种文学刊物发表诗作上百篇，见到刘禹锡，他难免有点惺惺相惜。

但说到当时对刘禹锡影响最大的人，还是著名诗人韦应物，韦应物来自首都长安，是唐代山水田园诗人的代表，与王维、孟浩然齐名，作品细腻敏感，富有生气，他与刘禹锡的父亲关系很好，每次去刘家，禹锡都会拿着小笔记本跟着。就在对老师的一次次观察中，他完成了最初的写作训练。后来刘禹锡又认识了两个写诗的和尚，一个叫皎然，另一个叫灵澈，从他们那里，他学会了文字的超脱。除了文学，刘禹锡还是一个称职的医生，以及半个天文学家，出版过几本畅销书。

酒神李清照：生于公元1084年

1

公元 1000 年至公元 1200 年，是特别值得记取的两百年，盛唐文化的灿烂过后，经过短暂的沉寂，又迎来了热闹的宋词时代，而且一下子诞生了四位天才词人，这是老天的慷慨，也是世人的福分。四位词人形成天然梯队，且在时间上互有重合——

柳永（公元 984 年至公元 1053 年）与苏轼（公元 1037 年至公元 1101 年），两人交集十六年；

苏轼与李清照（公元 1084 年至公元 1155 年），两人交集十七年；

李清照与辛弃疾（公元 1140 年至公元 1207 年），两人交集十五年。

其中，李清照承上启下，是唯一的女性。她和那些男词人一起，共同创造了几千年中国文化史的最高峰。

美哉！壮哉！

2

公元 1084 年（元丰七年），李清照出生于今济南市章丘区，她出生那一年，还发生了两件大事。

第一件，作为旧党领袖，司马光同志一脸兴奋，将憋了十九年的《资治通鉴》呈送给神宗，神宗一看，情节跌宕起伏、扣人心弦，这是"当代"《史记》啊，也很高兴，表态要大大地重用司马光。

第二件，是坏事——大文豪苏东坡的

（清）无名氏 绘《酴醾春梦摹李易安像》

幼子苏遁夭折。当时，苏词神饱受折磨，"乌台诗案"后，神宗将他贬到黄州任团练副使。就在李清照出生后不久，苏轼又奉命到河南汝州就任，因为舟车劳顿，缺医少药，未满周岁的幼子竟然断气，四十七岁的苏轼痛心不已，向朝廷请求到常州暂住散心。苏轼在风景优美的常州感叹人生无常，下定决心：死后就葬在常州。

……

仅仅一年的半隐居生活后，苏轼又被拖回了现实。当时神宗去世，哲宗即位，高太后听政，任命司马光为相，而这个高太后，是苏轼的铁忠粉，如果不是她，也许苏大学士已经死过很多回了。不久，苏轼应召回到汴京（开封），三个月内连升几级，那可真是苏轼一生中最难得的好时光。

正是这种时间空间上的神奇，他见到了后辈李清照。

3

对李清照，很多人比较感兴趣。经过多方考证，他们认为她是一个长相标致的女孩，清照早期绰号"李三瘦"，而宋以瘦为美。这已经背离常识了，在人们的想象中，美貌和才华一般是很难并存的。

我一直在思考一个问题——为什么几千年来，只有李清照能成为"第一才女"？宋之前的唐，是中华文化最繁华的时代，也有薛涛、鱼玄机等四大女作家，但和她比起来，根本不在一个层次，清照很不容易。

与唐对女性的鼓励和开放相比，宋对女性的否定和禁锢达到了封建社会的最高峰——宣扬女性贞烈而扼杀人性。曾经有人问当时的理学权威程颐，如果有孤儿寡母快要饿死，能改嫁吗？程老师回答说："饿死是屁大点事，还是贞操更重要呀。"

存天理、灭人欲，男尊女卑，三从四德，笑不露齿，全体裹脚……李清照就是在那种压制、憋屈的大环境下成长起来的。可是，她的一辈子，活得也太精彩了，好酒、爱赌、斗贼、离婚、坐牢……这些词汇，用在她身上，一点也不违和。你们不是规定女人要这样，不要那样吗？我偏不。"此花不与群花比"，对你们这些假道学，我就是要挑战。不做作，不扭捏，明人不说暗话，李清照的我行我素，囚徒很喜欢。

她活了七十二岁，在古代算是长寿。虽然在漫长的岁月里，她留下来的词作只有九十首，但跟动辄千首的诗狂们相比，一点也不逊色，因为她一下笔，篇篇精品。

（清）崔错 绘《李清照画像》

4

在柳永、苏轼和晏殊、欧阳修等人的带领下，11世纪末，作词、读词已是大宋的全民时尚。在首都汴京，词神苏轼见到了一个可爱的五岁小女孩。

那是公元1088年春天的一个下午，弟子李格非（时任太学录，司职教育部）来访。苏轼正在喝酒，只对李格非说了一个字，"坐"，见格非身边站着一个小女孩，便问道，"这是……"

"老师，"李格非躬身行了一个礼，回道，"这是小女，清照，今年五岁。"

苏轼注视清照几秒，忽然道："元丰七年（公元1084年）出生的?"他闭了闭眼睛,叹了口气感叹道:"我的遁儿如果活着,也是这么大了。"

"如不嫌弃,以后老师就将清照当作女儿吧。"李格非微笑道。

苏轼说:"也好,我有好几个儿子,却没有一个女儿。"他朝清照招了招手,"过来大伯这儿!"小清照蹦蹦跳跳走过去,不客气地坐到了词神腿上。

她对苏轼桌上的书稿不感兴趣,却看了酒壶好半天,"大伯父,你这喝的什么酒?我也想喝!"

苏轼愣了一下,被逗得哈哈大笑,"大伯父是酒神呢,这是自酿的状元酒。"

"我也要做酒神,喝状元酒!"

"你这小家伙,对酒感兴趣,以后诗词必定写得好哩!"

5

苏轼不仅是一个伟大的文学家、书法家、心理学家、美食家、生活家、社会活动家……还是一个准确率很高的预言家。转眼间,清照就长大了,她爱上了喝酒,很爱的那种。韩愈老师曾写道:"断送一生惟有酒,寻思百计不如闲",说的就是李清照啊!

不管微醺,还是沉醉,她都活得真情实意。有人说,如果没有酒,她根本不可能写出那么美的词作。据统计,李清照的作品泄露了她的醉酒记录,前后有十六次之多,没有记录的呢?呵呵,不计其数。她爱以酒入词,直至"词压江南""文盖塞北"。

十多岁的时候,她是青梅少女,生活中满是乐趣和生机——

如梦令 (成名作)

昨夜雨疏风骤,浓睡不消残酒。试问卷帘人,却道海棠依旧。知否,知否?应是绿肥红瘦。

二十多岁，她与亲密爱人赵明诚一起喝，那时的她芳心已许，生活甜得不要不要的，秀的是最高级的恩爱——

如梦令

常记溪亭日暮，沉醉不知归路。兴尽晚回舟，误入藕花深处。争渡，争渡，惊起一滩鸥鹭。

还有五十四岁写就的那首最著名的词作，我们在高中都读过——

声声慢

寻寻觅觅，冷冷清清，凄凄惨惨戚戚。乍暖还寒时候，最难将息。三杯两盏淡酒，怎敌他、晚来风急？雁过也，正伤心，却是旧时相识。

满地黄花堆积。憔悴损，如今有谁堪摘？守着窗儿，独自怎生得黑？梧桐更兼细雨，到黄昏、点点滴滴。这次第，怎一个愁字了得！

在她的笔下，酒后的世界，温婉、隐秘、神奇，千姿百态，精致动人。很多俗人喝了酒，上个厕所，什么都没剩下，为什么李清照的词作让人陶醉千年？就因为先有酒神李清照，后有才女李清照。

因为爱情

杜甫：明人不说暗话，我喜欢公孙大娘

我爱她，所以不跟她说话。

我窥伺她，以便不与她相遇。

———— 卡夫卡

1

公元767年10月，如梦似幻的山城夔州（今重庆奉节）。

"郭德纲，郭德纲，郭德纲"，一阵急促的马蹄声打破了黄昏的宁静，骑在马上的，是一个胖胖的官差，他径直赶到城西赤甲路三十八号，想按门铃，才发现那是一座茅草屋，又把手放了下来。官差站在门外大声喊道："工部先生在吗，工部先生在吗？"

一个干瘦的老头猛烈咳嗽着，缓缓打开柴门，抱怨道："别那么大声，老夫听得见，是什么快递？"

官差道："工部先生，小人是奉老爷的令，来给您送请柬的……"

"是什么活动？"老头接过烫金请柬，拆开念道："夔州各界迎金秋大型联谊茶话会，期间有重要抽奖环节……太守助理：元持。"

"小伙子，这样的活动，我一个糟老头子就不去了吧，"老头摆了摆手，"我今年五十五岁了，身体很不好。"

"不行啊，老爷吩咐了，请先生一定要去，又不用您出节目！"官差着急了。

老头沉默了足足五秒，轻轻笑了一声道，"行了，我去，哎哟，我去。"

"这个元持在搞什么鬼，"等官差离去，老头自言自语，"他不知道吗？这种场面上的事，我根本没什么兴趣的。"

临出门，他在青衣布衫里装了几张名片，上面的介绍简洁、醒目——

　　　为国家写诗　为苍生动情　杜甫

2

杜甫这一年过得很辛苦。经医生诊断，他的左耳已彻底失聪，此外，头疼、肺痛一直折磨着他，有时候呼吸都很艰难。

但这一年，是他一生中最高产的一年。据不完全统计，全年大概写诗两百三十一首，其中被后世认可的精品，就有《昼梦》《日暮》《虎牙行》《柏学士茅屋》等六十八首，每首精品的背后，意味着头疼都要大发作一次。

几天前，他和几个好朋友出门秋游，结果触景生情，泪洒当场，创作了被称作"七律之冠"的《登高》——

　　　风急天高猿啸哀，渚清沙白鸟飞回。

无边落木萧萧下，不尽长江滚滚来。

万里悲秋常作客，百年多病独登台。

艰难苦恨繁霜鬓，潦倒新停浊酒杯。

　　因为情绪上久久不能自拔，回家后他就病倒在床，半个多月没有出门。他真的成了一个老人，多病多痛，行动不便。

　　前几年，妻子杨氏也永远离开了他。

3

　　他仍然关注国家和群众。

　　当时，安史之乱已平定四年，但危机仍未完全解除，安禄山、史思明余部蠢蠢欲动，吐蕃趁乱兵围灵州（宁夏吴忠），京师戒严，幸有战神郭子仪出手，贼兵退去。

　　重伤的大唐一边喘息，一边警觉地环顾四周。当时的大唐皇帝是代宗李豫，他是玄宗的长孙，肃宗的长子。这是一个很矛盾的人，一方面他想做一个伟大的中兴之帝，对漕运、盐政和粮价进行铁腕改革；另一方面，由于对生老病死甚是疑惑，他成了一个佛教徒，经常在皇宫宴请上百个和尚。

　　大唐衰落之势已成，无人可以改变。

　　……

　　没了那些血腥的战事，没了一线的所见所闻，杜甫的诗开始以回忆为主。

　　但是，回忆不都是苦涩的。

4

　　茶话会开始前的最后一分钟，他赶到了夔州大礼堂。

太守助理元持站在门口迎接他。元持心里很清楚，虽然杜甫是一个穷酸文人，但顶头上司、夔州一把手柏茂林尊敬杜甫，所以这个人，是轻视不得的。

元持平常是一个特别喜欢热闹的人，爱张罗庆典晚会，公款追星，某年春节，他还创作了一首广为传唱的歌曲：《难忘今天的元宵》（简称《难忘今宵》）。这次，他不仅花重金从长安请来电视台主持人，还专门将舞台翻新。不过论节目质量，就真的很一般了。

第一个节目是主旋律诗朗诵，《我为祖国献石油》，夔州幼儿园小朋友集体表演。接下来的节目，不是拿肉麻当有趣，就是无新意的歌曲串烧，唱得像杀鸡似的，杜甫有点昏昏欲睡。

"下一个节目，美轮美奂，真中见幻——剑，器，舞！"主持人夸张的高音，忽然惊醒了他。稍顿了顿，主持人又道，"表演者，李十二娘，有请！"

铿锵激越的音乐响起，一个红衣少女持剑登场，那女孩很有一股英武之气，她有时扭动腰肢，雄健奔放；有时连续刺击，快过闪电；配合音乐，她的红色长袖上下翻飞，有时候是天上的白云聚散，有时候是江上的船行如矢，令人内心激荡。

杜甫的意识，有点恍惚了。

……

音乐骤然停止，女孩收剑，来了一个果断的回头望月。全场爆发出雷鸣般的掌声。

这亮相，杜甫似曾相识。

"这个女孩是谁，"杜甫问身边一个眼睛瞪得像铜铃、嘴角有口水的中年人。

"不认识，不认识，怎么，你有想法？"中年油腻男打量了一下杜甫，猥琐地笑了笑。

杜甫扭头不再说话。他决定，今天一定要跟这个女孩聊聊，

因为心里有太多的问号。他朝后台走去，背后，一些人开始指指
点点，发出嗤嗤的低笑。他管不了那么多了，他只想知道答案。

5

他怀疑那女孩是著名
舞蹈家公孙大娘的传人。

事实上，观看剑舞的
时候，他的思绪就穿越到
了五十二年前的那个夏
天，也就是公元 715 年，
地点：河南郾城。

那一年，他只有三岁
多，非常的顽皮。其实，
一直到二十四岁科举落
榜，他的生活都无忧无
虑，他曾在个人回忆录里
写道——

忆年十五心尚
孩，健如黄犊走
复来。
庭前八月梨枣
熟，一日上树能
千回。

（每天都很疯，像小
黄牛一样不知疲倦，门口

（清）任颐 绘《公孙大娘剑器图》

117

的枣树，一天能爬上去一千回）

……

那天中午，微风轻轻刮着，呼吸起来有点甜，他骑在父亲杜闲的脖子上，到集市上去看演出，虽然太阳很毒，但现场还是挤满了人，朝着舞台的方向，大家都伸长了脖子，眼睛都不眨一下。

当时台上表演的，就是剑舞。幼年杜甫也睁大了眼睛。场上的少女眉毛长长的，眼睛亮亮的，动作与音乐配合得天衣无缝，她时而双眉紧蹙，哀愁无限；时而笑脸粲然，喜乐无边；时而侧身斜刺，娇羞宛转；时而挺身举剑，铮铮弦响。那是一场绝佳的演出，不仅女孩忘了自己，观众久久无法回过神来。真是一个灵魂舞者！谢幕时，很多观众想加女孩微信，说要给她发红包，但女孩拒绝了，她真诚地说："这是公益演出，发红包就不用啦！"

看三岁的杜甫一直盯着自己，红衣女孩觉得甚是可爱，忍不住抱了他一会儿，真的很舒服，能抱一辈子吗？那个舞剑女孩，就是公孙大娘。公元 700 年，她出生于许昌，足足比杜甫大十二岁。

6

剑是一种复杂的兵器，既饱含文化，又热血喷涌。春秋时期，子路经常拔剑起舞，向孔子致敬（不了解内情的人，以为他要砍老师）。几千年来，很多武士和侠客，宁可挨冻受饿，甚至失去生命，也不肯失去宝剑。

剑舞发端于北朝，只有那些文武双修的人，才能舞出它的精髓。到了唐朝，由于太宗李世民的喜爱，宫廷、民间玩剑舞的人越来越多，当时流行的著名曲目，就有《剑器》《胡旋》《胡腾》《柘枝》等。文艺皇帝唐玄宗对剑舞更是偏爱，不仅批示成立研究院，还鼓励文艺工作者送舞下乡，一时盛况空前，有人总结当时的景象——

处处闻管弦，无非送歌声，

尔为我楚舞，吾为尔楚歌。

　　众多舞者中，公孙大娘是站在金字塔尖的那个。她从小迷恋剑舞，每天坚持练习十个小时以上，风雨无阻。她最爱在乡村演出，因为那里有很多父老乡亲，她没有任何心理压力。当她在郾城巡演的时候，也只有十五岁而已，但粉丝已经无数。

　　后来，她跟许多同行一样，去了首都长安。杜甫当时也在，自费去看过好几次大娘的表演，不知不觉，他对公孙大娘产生了一种特别的依恋，这是爱情吗？他不知道。

　　什么时候开始喜欢上的呢？也许是他第一次看大娘表演的那个中午。

　　为了艺术，多年来，大娘一直单身。

　　……

（唐）赫兰达 著《丽珠萃秀册》之公孙大娘像

119

杜甫很着急，大娘近在咫尺，他不知道如何表达自己。他偷偷给大娘写过几十首诗，一首也没寄出去，全都撕了。一直到三十岁，他才结婚，当时家里催婚已十年。

新娘姓杨，不姓公孙。

他真的有点恨自己——对感情和欲望，为什么会如此羞涩？

7

爱跳舞的人，永远不会寂寞。

公孙大娘到长安后，事业越来越红火，没几年就成了全国最著名的舞蹈家，主流媒体以"要知梅兰高洁处，却看雪压霜摧时"为题，对她进行了长篇报道。

记者："怎么判断爱情已经发生？"

大娘："当一个人说他不爱的时候。"

记者："你心目中的他是什么样？"

大娘："感情专一，才华横溢，含蓄温雅。"

……

首届大唐舞蹈桃花奖也颁给了她，颁奖词说："公孙大娘同志学习借鉴人类优秀舞蹈文化，跨越时空、超越国度，富有永恒魅力，代表了大唐舞蹈最高水平。"

更重要的是，她成了大 boss 玄宗面前的红人，经常出入禁宫。据说有一年唐玄宗特别想看剑舞，为了找公孙姑娘，连下七道圣谕（没有公开报道）。还有一次，公孙姑娘要去日本演出，玄宗纡尊降贵，亲自去扬州乐坊送行（同样没有公开报道）。很多人在议论：皇上这是喜欢剑舞艺术，还是喜欢剑舞艺术家？

安史之乱爆发前，杜甫听朋友说，公孙大娘在瘦西湖边创建了七秀坊，她收养了二十个孤女，精心教她们剑舞，江湖人称"女子二十乐坊"。其实，大娘对艺术界的贡献和影响，远不止于此——某位著名画家是公孙大娘的忠实粉丝，他从剑舞中参悟用笔之道，突出线条在作画中的功能，被书法界惊叹为"吴带当风"，他叫吴道子；某位擅长狂草的书法家特别喜欢看公孙大娘的表演，不久他的笔风也沾染了剑舞的飘逸和力道，他曾向《大唐文化报》记者表示"观公孙大娘舞剑器而得其神"，他的名字叫张旭；某位和尚酷爱书法，经常去给公孙大娘捧场，后来悟到了书法的顿挫之妙，他的名字叫怀素。

8

"你认识公孙大娘？"杜甫终于来到后台，堵住正准备卸妆的红衣女孩。

"太认识了，她是俺师父哩。"李十二娘笑着回答。

"她现在何处，是否安好？"杜甫追问道。

李十二娘的神情一下子黯淡下来。

原来，几年前叛军占领长安，无恶不作。以前，安禄山多次到长安出差，曾看过公孙大娘的演出。这次杀进长安，他的刀都砍豁了。他强行让公孙大娘表演剑舞，为他一个人。但是公孙大娘拒绝了。随后她被关进水牢，受尽虐待，不久又被押到叛军老巢范阳（今北京）。

"这几年来，一直没有她的消息"，李十二娘的眼中，泪水在打转。

杜甫长长叹了口气。现场很多人看到，老杜的眼角，也泛出了泪花。

"公孙姐姐，这是用生命在舞蹈呀！"回家路上，杜甫一边回忆，一边流泪。

9

回到茅庐，还是长时间的沉默。

他的手颤抖着，找出那张已经有些发黄的报纸。这些年，他的生活颠沛流离，被迫搬了很多次家，但一直珍藏着这张旧报纸。翻到人物访谈专版，他重新读了一遍：

……

记者："你心目中的他是什么样？"

大娘："感情专一，才华横溢，含蓄温雅。"

他心里某根弦忽然动了一下，这说的又是谁呢？是我？他有点小兴奋，又有点深深的哀伤。深夜，排山倒海的灵感忽然汹涌袭来，搅得他根本无法入睡。他含着泪，提笔写了一首传世之作——《观公孙大娘弟子舞剑器行》：

> 昔有佳人公孙氏，一舞剑器动四方。
> 观者如山色沮丧，天地为之久低昂。
> 㸌如羿射九日落，矫如群帝骖龙翔。
> 来如雷霆收震怒，罢如江海凝清光。
> ……

这是杜甫一千四百首作品中，少有的写给一个异性的诗。从中我只读到了三个字：我爱你，我爱你，我爱你。

再不说，就来不及了。

两年后，杜甫在岳阳的一条小船上去世。

……

"公孙大娘，虽然我们逃不过峥嵘岁月，经不过逝水年华，但我的思念里，永远都有你。"

杜牧：我为你写了首长诗，
　　但你一辈子都不知道

1

公元9世纪，世界上最大的帝国，Tang Dynasty似乎遭遇了冰冻。

日本人非常好学，曾对大唐推崇备至。从公元630年开始，他们多次派出遣唐使。使者们交了不少学费，进献了不少宝贝，学会了很多技术。慢慢地，他们觉得这个帝国已老朽，不值得学习。

公元838年，唐文宗李昂御宇期间，他们勉强派出了历史上最后一批遣唐使（由藤原常嗣带队）。经过安史之乱和军阀们的轮番折腾，大唐已经毫无生气。它暮年的喘息和收缩，就连最迟钝的人都能感受到。

……

这一年，除了最后一批遣唐使值得铭记，政治外交别无大事。诸帝才庸，宦官专权，边乱不断，一个无比平庸的年代。而文坛上，一位诗人悄悄酝酿着惊天名篇。

2

萧瑟冬夜，寂寞洛阳。

一个三十多岁的年轻人，满怀忧伤，辗转反侧，难以入眠。
既然如此，干脆铺开麻纸，开始奋笔疾书。那麻纸，纵 28.2cm，
横 16.2cm，手触之，有些冰凉。刚写下"张好好"三个字，年轻
人英俊的脸上，已经满是泪水。这个名字一度让他热血沸腾，是
他的最爱。现在他要为她写一首长诗，纪念那段去而不返的岁月。

他时而停顿，时而走笔；时而轻叹，时而抹泪。搁笔之时，
晨曦已现。

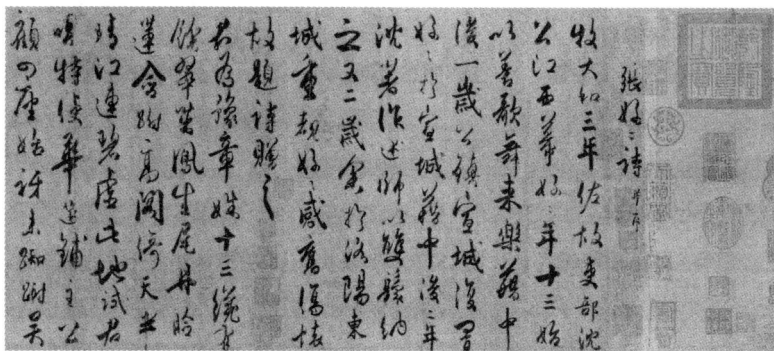

（唐）杜牧手书《张好好诗帖》

那首诗墨迹未干，文辞清秀无比，看起来是一气呵成（无一
笔一画的修改）。读之，既有鲜艳画面感，又能感受到作者喷薄饱
满的情绪。他一定不知道，这幅情绪驱动之作，后来会永载史册。
就如当年王羲之酒后狂书《兰亭序》，也没想到它会成为"天下第
一行书"。如今，《张好好诗》静静躺在故宫博物院，为国家一级
文物，禁止出国展出的那种。我还没看到这幅惊艳之作，但相信

有一天会看到。特别期待。

在此，要感谢杜牧先生，感谢张好好女士，感谢捐出此画的张伯驹先生，感谢故宫博物院。更应该感谢的，是杜先生和张女士的人生邂逅。

3

杜牧，唐诗江湖最后一个传奇，一生留诗五百一十四首。其实在四十九年人生中，他写过的诗，远远不止这些。他晚年心情不好，经常喜欢火烧诗稿。那蓝色火苗升腾而起，他竟然有一种解脱的快乐。所以，他的诗作能留存后世的，不过十之二三。照这个比例算，他的一生，应该创作了近两千首诗。不得不说，特别遗憾，十分可惜。前些天看汪曾祺后代的访谈，才知道汪大师将许多文章投给编辑，不管是否采用，往往不留底稿。很多优秀篇章因此消失无踪，智慧幽默的火花无处找寻。在保存介质稀少的年代，这几乎是每个作家的宿命。

即使在这种情况下，杜牧的金句还是很倔强。时过一千二百年，还经常亮瞎你的眼。下面这些句子，你一定会背。

——一骑红尘妃子笑，无人知是荔枝来；
——借问酒家何处有，牧童遥指杏花村；
——南朝四百八十寺，多少楼台烟雨中；
——停车坐爱枫林晚，霜叶红于二月花；
——东风不与周郎便，铜雀春深锁二乔；

当然最有名、最能体现他个性气质的，还是那句——"十年一觉扬州梦，赢得青楼薄幸名"。

很多人因此得出结论，杜牧应该高居"古代最爱逛青楼名诗

125

人排行榜"榜首，不接受反驳。他也许不是个专情的人，却是个很深情的人，上面那些金句就是依据。在我看来，他的自我标榜，并不可信，就像李白自称"十步杀一人"，其实诗仙是在吹牛皮，李白虽孤傲，却是个老好人，手上很干净，没有任何人的鲜血。

……

《张好好诗》，并不是杜牧最有名的作品，却是他唯一留存于世的实物。他对女性的怜爱，对世事无常的慨叹，在诗中一览无余。女人是世界上最容易激发诗人灵感的生物，尤其是色艺双绝的伎女。特别强调一下，这样的女子，在古代只卖艺不卖身。张好好，就是这样一个好女孩。

4

杜牧的二十七岁，正处于一生中最拉风最得瑟的时刻。

四年前，作为一个军事和政治爱好者，他写下了著名刷屏文《阿房宫赋》，一句"楚人一炬，可怜焦土"，令天下读者惊喜又流泪。对很多人来说，这么牛的文字，在李白、杜甫、白居易死后，已经好多好多年没见过了，他们第一时间记住了作者的名字。

一年前，杜牧又中了进士，虽然比不上老前辈王维高中状元的荣光，但已足够骄傲一辈子。翻过年来，他进入仕途担任弘文馆校书郎（说穿了就是个高级校对）。当校对的时间很短，组织部门后来派他去当江西观察使沈传师的助理（观察使负责查验百官得失、体查民间疾苦）。他就是在南昌认识张好好的。

杜牧一生，跟十三有缘。他在家族中排行十三，后来他对《孙子兵法》的著名批注，总共十三篇。碰到张好好的时候，姑娘也是年方十三。现在看起来年纪很小，其实在唐朝已经到了法定结婚年龄（唐朝民政部门规定，男十五女十三可以步入洞房）。你年轻，我未老，真真是极好的。

5

张好好，歌坛小美女一枚。她是南昌本地人，生于公元 816 年，比杜牧小十三岁。不仅模样清纯，嗓子也很干净清亮，异于常人。有一句话是形容王菲的，同样适合她："声带被上帝舔过。"她还非常会表演，一举手、一投足、一顾盼，观众为之魂断。这几乎是一种天赋，不用任何培训和学习。她的唱词也很美，观众听得如痴如醉，因为他们平常接触更多的俗词艳曲。每次演出结束，很多观众会惦记张好好，关心她，找她套词，要联系方式。杜牧就是这样一个主动又热心的人。

初见好好那次酒局，杜牧喝得云里雾里。青涩娇俏的那张脸，他一直看着，目不转睛，大脑里翻腾的全是形容词，还有荷尔蒙。这一切，沈传师看在眼里。他很看好这个姓杜的年轻人，不仅因为他是名门之后、三朝宰相之孙，更因为他非凡的才气。每次张好好有表演，沈大人总会叫上杜牧一同观赏，还给他放假，为他们创造一起相处的机会。看起来，沈传师有意撮合他们。有这样的领导，夫复何求？"谢谢你，沈大人。"杜牧每次都深深鞠躬，满脸感激。

6

可是，成也沈大人，败也沈大人。

好的东西大家都想要。沈传师的亲弟弟沈述师看上了张好好。他天天缠着哥哥，又哭又闹，说这辈子非好好不娶（其实他当时已成婚，只想讨一个妾）。

"对不起啊，阿杜，我弟弟……"沈传师双手一摊，一脸无奈。

"领导别说了，我明白。"因为内心痛苦，杜牧的嘴都有点变形。再难说出第二句话。

他借工作调动，满腹惆怅离开了南昌那个伤心地。对好好姑娘，他无法祝福，只有满满的回忆和思念。

……

接下来，杜牧的官场生涯十分不顺利。国史馆修撰，闲职；各部员外郎，闲职；刺史，鸡肋般的公务员。想当年，杜牧自豪于家世，踌躇满志地写道——

　　　　旧第开朱门，长安城中央。
　　　　第中无一物，万卷书满堂。
　　　　家集二百编，上下驰皇王。

祖上曾为皇家编写《通典》，多牛。现在，他只能写小诗，做小官，领微薪。他的职业理想就这样搁浅了。

转眼九年过去。一次，杜牧到洛阳东城闲逛，发现酒馆里的卖酒女神似张好好。

"你是好好么，你怎么会在这儿？"他一脸错愕。

"他跟我离了。"她说。

还没开口细问她的遭遇，她反而连问他三个问题——"您还是那么爱喝酒吗？酒后还写诗吗？为什么您的头发都变白了？"

杜牧无语，兀然站立。既然都无法主宰自己的命运，每一问，都是残忍的一刀。除了沉默，还是沉默。

"我们都回不到过去了。"良久，他喃喃道。

两人的眼眶都有些湿。太讨厌那天的洛阳，风沙怎么那么大？他很想把这种感觉写下来。

"我虽然错过了你，"他想，"但我要让你留在所有人的心里。"深一脚浅一脚，似乎有些丧魂落魄，他不知道自己是如何回家的。

他只知道，他回家后第一件事，就是给好好写诗。

尾声：杜牧的吐血之作《张好好诗》写完后，从未与世人见面。即使是张好好本人，至死也没有见到这部作品。杜牧这么做，我想，一定有他的理由。这是他内心最珍贵隐秘的感情，就像日记，原本只是自己看的。也许他该烧了它。可是有好几次，在火盆前，他举起又放下，舍不得。不管什么原因，这幅作品，连同它展现的惊叹、喜爱、震惊、惋惜、痛苦，都永远定格在历史上。

是的。"我为你写了首长诗，但你一辈子都不知道。"

李清照：十七岁的喜欢，
终将成为七十岁的最爱

明诚吾爱：

不知不觉，你离开已三年有余，这段时间你不知道我是怎么过的，天天都在逃难，我担心的不是自己的生命，而是那些金石古董。今天下午喝了点龙井茶，在西湖边转了转，身体稍好了些，回家后特别想你，一直想到泣不成声，所以给你写下这封信。是不是有点傻？是的，我们已经阴阳永隔，这封信你是永远收不到的，可我还是要写下去。因为我知道，只有写完这封信，我对你的思念之苦才能得到缓解。

我的支气管炎越来越严重了，整天咳嗽，气喘吁吁，这是你离开那年留下的病根。不仅如此，我还患上了失眠综合征，在梦里都很焦虑，身子骨一年不如一年。写下这封信的时候，我是满怀羞愧的，我必须要跟你说声对不起。

首先，你委托的金石古董，虽然这几年我很努力，但还是没保管好，现在除了极少量的古书，能随身携带的古饰，其它已经所剩无几。你走的时候，我跟你说过，我会更加珍惜自己。可是你不知道，没有你之后，我活得有多辛苦。很多人都盯着我们的金石，连皇上都想尽数买去，花极低的价钱。我自然是不肯的，因为这是我们俩毕生的心血，每一个物件上都有我们的欢声笑语，有我们的故事，我甚至不用翻阅资料，就可以说出它们的来历。可是，现在它们不是被偷走了，就是被烧毁了，一次一次，我几乎要被摧垮了。这些年，我先后失去了父亲、丈夫，连国家也失去了，我不知道哭了多少次，眼睛都快哭瞎了。在我心中，它们不在了，我们的爱情就没了见证。我努力让自己坚强，再怎么悲惨，人都要活下去。可要想活下去，一个人就必须付出代价，连她自己都无法掌控的代价。

刚发生的这件事，你一定要原谅我。这几年我一直生病，身体很是虚弱，加上辗转各地生活，连个递汤送药的人都没有，心里很是恐慌。我自认为是一个韧劲十足的人，但也快要撑不下去了。今年春天，金国内乱，贼兵北撤，朝廷终于可以喘口气，皇上以杭州为行在，我也赶到杭州跟李远（注：清照的弟弟）同住，你以前总说他太儒弱，但他现在也是皇上秘书班子成员了，想不到吧？这是近几年极少数能让我开心的事情。他知道我活得辛苦，总是想办法让我高兴，有次他介绍我认识一个叫张汝舟的人，这个人是管粮草和军饷的低级武官，三十级官阶中，他排在第二十九位。见过几次后，感觉不错，他还对金石有兴趣，我们很谈得来。要命的是，他对我特别关心，十分殷勤，这迷惑了我，今年我已经四十八岁了，第四个本命年，原来以为一辈子也就这样了，思念着你，度过余生。不会再有一个男人走进我内心深处。可是……我还是做了一辈子最糊涂的决定，仓促之间，居然嫁给了那个渣男，请你一定要原谅我，更不要埋怨李远，他也受了蒙骗。

张汝舟这个坏人就是冲着我们的金石古董来的，而我居然愚蠢地认为，他对我是真爱。自从他知道金石文物所剩不多的时候，他就开始对我恶语相向，甚至几次殴打我。我没有流泪，只是冷笑着，忍受着这一切，谁让我以晚年之躯，许市井之徒呢？都是我太愚蠢，真是悔之莫及，痛不欲生。嫁给这样一个渣男，我才更加明白你的好，过去的生活是那么的完美无缺。可是，我的好运气在上半生就全用完了。

后来我终于忍不住了，我要跟那个渣男离婚，这段婚姻只存在了三个月。我知道很多人会笑话我，但实在顾不了那么多了。一个人犯了错误，不能在剩下的日子里，一步步全错下去。因为介绍那个渣男，给我带来不幸福的一段时光，李远很是自责，他鼓励我离婚，还主动找人收集材料，发现那个渣男不仅在科举中舞弊，还曾欺骗组织部门，简历作假。

九月份，我在杭州地方法院提起诉讼，同时也找綦崇礼大人作了沟通。我不知道别人如何面对婚姻的不幸，我是绝对忍受不了的，余生凑合着过，还不如干脆杀了我。令人欣慰的是，法院最后判决离婚，那个渣男被免职，并流放到偏远的柳州。我是幸运的，按照我们大宋的法律，女方起诉男方，即使离婚成功，女方也要入狱三年，但在綦老师等朋友的帮助下，我只在看守所呆了九天。

再次对你说声抱歉，是我的草率亵渎了我们的感情，我现在感觉很是轻松，时常想起过去那些快乐的日子。你还记得吗？有次我们互相考问金石资料，你赢了，却不小心喝下滚烫的茶水，嘴巴被烫得红红的，我笑得直不起腰。我还记得十七岁那年见你第一面的惊喜，那种感觉，永远都不会忘记。唉，不说了，过去的，永远不会再回来了。感觉我的人生，上半场是喜剧，下半场忽然变成了悲剧，尤其是百日再婚，九天牢狱，简直是一场闹剧，也是老天对我的惩罚。

你还在的时候，我们一起经历了很多很多。当时我父亲追随司马光，是旧党，公公紧跟王安石，是新党，直接对立，我们压力都很大。但一起扛，苦也是甜。还记得大观元年吗？当时公公被罢官才五天就去世，紧接着你和思诚、存诚（编者注：明诚的两个哥哥）就入狱，后来幸好有几个朋友帮着求情，你们才平安出狱。

你入狱的三个月，我的人生第一次变得那么灰暗，整个人瘦了二十斤，你知道的，我本来就很瘦。现在你能想象我有多瘦吗？一阵风都可以把我刮倒，一点都不夸张。我想，人生一定是百味，什么味道都要尝一下才对，是不是？

我还在坚持文学创作，影响力还不错，有人评价"文章落纸，人争传之"，很形象。但也有很多人在说闲话，说一个女人这么有才华，不合适。才不管他们呢，我爱写词，会一直写下去。说到写词，我很想谢谢你，没有你，我不可能写出那样的短句，"青梅少女""秋千少女""划船女孩""插花女孩"……都是因为你而诞生的。

好了，今天就聊到这里吧，真的有点困了，下次再跟你聊聊现在的杭州城。行笔至此，脑海里不禁浮现出你英俊的脸庞，我闭上眼睛，很长很长时间，慢慢调匀呼吸，你走的这几年，我阅遍山河，觉得人间值得。我想，十七岁的喜欢，终将成为我七十岁的最爱。就这样吧，真的真的很想你！

永远爱你的，照照

公元 1132 年 9 月 11 日深夜

张三丰：爱上郭襄的理由

1

南宋末年，政治腐败，经济滑坡，消费降级，江湖上出现了一个叫杨过的年轻人。最初并没人关注到他，因为他的身世一直是被隐瞒的，世界上多他一个人不多，少他一个人不少。谁都没料到，日后他是一个超级大侠，连他的宠物都创立了著名的雕牌有限公司。他算是一个富二代，可是他爸爸杨康认贼作父，出卖国家，被黄蓉就地正法。这里强调一下，黄是一个很有正义感而且很有社会背景的侠女，她父亲就是闻名遐迩的吹箫男黄药师，她师父是敢去皇宫偷偷吃鸡的洪七公。就是她跟郭靖收养了杨过，并给他起了这个屈辱的名字。

杨过长大后，越来越像父亲杨康，颜值很高。而且他一直很有自我，在浮躁的世界里从来不会迷失。这样的男人，总是很受异性欢迎的。

2

此外，他还有一个特点，比他厉害的人都抢着教他武功。从丘处机、郭靖、小龙女、欧阳锋到黄药师、周伯通，无不如此。后来就连已经死翘翘的独孤求败也出来凑热闹，穿越阴阳二界，送给他一只老雕、一柄铁剑和一身绝学。

杨过小时候很瘦，这导致学习蛤蟆功的时候，他的身形看起来不像一只蛤蟆，而像是一只螳螂。作为全真实验学校的学生，他讨厌那套死板的应试教育，却喜欢古墓派灵邪而带有灰尘的武功。后来，他爱屋及乌，开始追求导师小龙女。最初龙老师一直躲着他，心里颇有疑虑——师徒恋本来就是离经叛道，自己又比徒弟大……吃瓜群众知道后会怎么看，江湖人士会不会将自己骂上热搜？她开始变得焦躁不安，甚至和绝情谷主举办婚礼，和杨过有了不少误会。不过睡惯寒玉床的她，内心其实一直渴望温暖的爱情，而爱情是可以弥合一切裂痕的。经过无数次来自中原、西域的考验和坎坷，他们终于结合了。他们在一起的消息，成了中原武林第一大新闻。很多年轻人说，他们又相信爱情了。

3

俗话说，男人越老越值钱。杨过是典型的先成家后立业，苦了江湖上那些喜欢他的女青年。一个是江南女孩程英，她喜欢和杨过在一起那种无忧无虑的感觉，杨过也喜欢跟她在一起，可就是不表态，后来她等了一些年，单身了一辈子。另一个是"古墓派莫愁分校"的陆无双，杨过以树枝为石膏，替这个残疾的女孩接骨，无双被他的帅气和医术打动，不可控地喜欢上了他。

说到最有渊源的，还算郭家二小姐郭襄，她刚出生时，杨过就救过她，抱过她。十六岁时，她被抱的感觉忽然苏醒，立誓非杨过不嫁。这种感情还带有一点补偿的色彩，因为她的姐姐郭芙严重伤害了杨过，砍掉了他的右臂。杨过对郭襄一直很好，她生日的时候大费周章，当很多人的面送了她几份大礼，天下没有哪个少女不会瞎想，可他就是不表态。最后杨过和小龙女带着神雕走了，过起了三人世界的幸福生活。从此，郭襄的世界开始下雪。

众所周知，感情的事很玄的。你一旦心里有了某个人，其他人身上，就都是他的影子。

4

张君宝（后名张三丰）就是在这个苦逼的时候遇到郭襄的。他比郭襄小三岁，可是站在郭襄面前，他感到自己就像个一厢情愿的小三。他崇拜杨过，觉得杨老师的业务和品格，都做到了人类的极致。他也嫉妒杨过，觉得杨老师是一个永远无法战胜的情敌。在漫长的岁月里，他也努力过。即使江湖上已经很久没有杨大侠的消息，郭襄也只愿跟他做普通朋友。

……

二十三年后，四十岁的郭襄出家，创立峨嵋派。知道消息后，张君宝创立武当派，做了道士。

他活了一百零五岁，临终的时候，他回忆起生命中最温暖的过去。他回忆的重点几乎只有一个：那个女孩的笑，永远那么纯净可人。说起来很矛盾，郭襄对另一个男人专情的样子，就是他深深喜欢她的理由。他还亲自给七个徒弟（也就是"武当七侠"）起了名，那些名字都来源于他对郭襄的回忆——远桥、莲舟、岱岩、松溪、翠山、梨亭、声谷。

原来江湖上从来没有出家，只有对某个人无尽的念。

卓文君：完美爱情，不是你输我赢！

　　大家好，欢迎收看第二十三期《古人面对面》。今天是浪漫七夕节，春宵一刻值千金，今天晚上还坚持推送，足以说明大家是囚徒的真爱了。这也是个令人五味杂陈的日子，很多朋友会精心设计，跟意中人眉来眼去、花前月下、如胶似漆。但对很多独身的朋友来说，这是难熬的一天（享受单身的人除外）。

　　今天想探讨一下，什么是真正的爱情。下面有请今天的嘉宾、中国古代四大才女之一的卓文君。（热烈的掌声响起）

　　历史的囚徒：欢迎卓老师！一年多前我们曾请司马相如先生来作客，当时很多读者说，如果卓老师同时来该多好！好饭不怕晚，您终于还是接受了我们的邀请！先跟大家打个招呼吧。

　　卓文君：hello，大家好，我是卓文君，文采的文，君子的君。我来自两千二百年前的西汉，家在四川邛崃，很高兴跟大家见面。

　　历史的囚徒：因为是文字直播，大家看不到，卓老师今天穿了一身枣红色的汉服，我们经常可以在地铁里看到穿汉服的漂亮女孩，但大多数只形似、无神似，能理解为这是历史感和文化味使然吗？

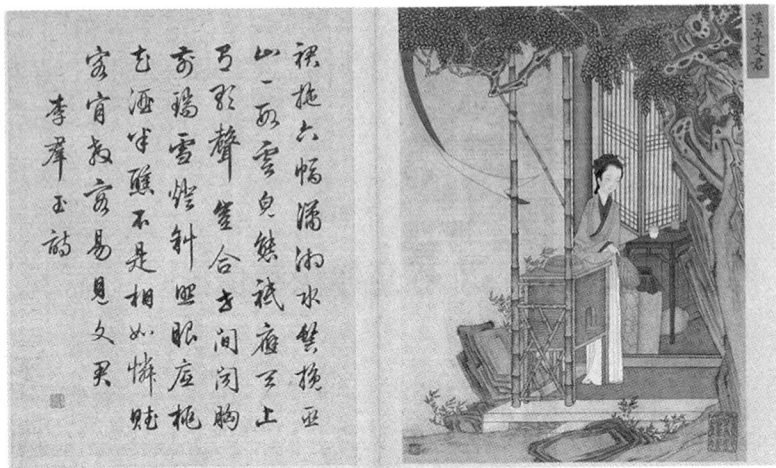

（清）赫兰达 著《丽珠萃秀册》之卓文君画像

卓文君：抬举了，我穿了一辈子汉服，最喜欢的是白色和红色，白色代表人生的简单，红色代表人生的热烈。我们女孩子的一生，就应该活成这样，简单，又不失热烈。

历史的囚徒：热烈是不枉此生？

卓文君：是的。如果一个人每天都在重复自己，那就活得太没意思了。生活不仅仅是生活，它还必须有生气。

历史的囚徒：是不是可以这样理解，我们要走出死板的、一成不变的生活，尽量过得生龙活虎、活色生香？

卓文君：没错。以前有很多记者采访我，我也是这么讲的。

历史的囚徒：谁也不愿意过平庸生活，在感情方面也是这样，所以人们才特别羡慕您那种敢爱敢恨、绝不回头。跟大家分享一下您跟司马相如老师的故事吧！

卓文君：你们现在喜欢评选古代最甜蜜的CP，还经常把我跟相如放在第一位。说实话，我是很感动的，但我想说，我们只是做了自己的生活选择，活出了最真的一面，实在没有必要这么抬高。

历史的囚徒：您先说说当初怎么跟司马老师对上眼的吧！

卓文君：很多历史资料其实作过记录，还有些小说和影视作品也作过演绎，我想说靠谱可信的内容并不多，很多细节都是编排的。

历史的囚徒：哦……可能时间确实太久远，您要知道，还原历史基本是不可能的，所以现代人更相信那些经过适当加工的历史态度和倾向。当然，对于最重要的史实，我们还是希望水落石出。

卓文君：首先我想说，私奔真有其事！你不知道，我们那个年代要想谈一场你情我愿、贴心贴肺的恋爱有多难。因为我们的社会接触面太窄了，见个面比登天还难。

历史的囚徒：沟通不方便？

卓文君：你也可以这么理解，当时写个信还可能被家长截留，更不能传照片，技术上不具备条件。但这也说不好，你们现在倒可以秒沟通，随时见面，然而你们的真爱比我们的时代多吗？

卓文君：我认识相如的时候，刚刚十七岁。当时我在守寡，还没拜天地，老公就病死了。想到一辈子有可能就这样无声无息地过去，内心非常焦虑，却无可奈何。

历史的囚徒：刚好相如老师到你所在的城市出差，弹了一曲《凤求凰》？

卓文君：后来才知道，他早听别人说起我，看过我的诗，所以很想见面认识一下。他当过武骑常侍，也就是陪皇帝打猎的人，就找机会跟我们邛崃的县领导王吉联系……后来我们就见面了。

历史的囚徒：这很微妙很神奇啊！是不是爱情都有一种神秘的东西在指引？要么是信物，要么是传说，甚至只是一种气味？

卓文君：可能这就是你常说的荷尔蒙吧！本来在地理距离上，我们就没那么远，他是我的四川老乡，他在成都。我们见面那段时间，他刚从朝廷辞职回乡，一大半是因为觉得那份工作没什么意思，在长安也找不到说上话的人。

历史的囚徒：见第一面是什么感觉？

卓文君：那时候他在弹琴，我只是躲在门外，在门缝偷偷看了一眼，第一印象是帅，即使坐在凳子上，也是气宇轩昂。你们如今不是都迷李现吗，他就是那种酷酷的帅。我当时有点透不过气，我觉得自己怕是要恋爱了。

历史的囚徒：后来你们就约会了，得不到家长同意就私奔了？

卓文君：当天晚上我就偷偷去客房找他了，聊了许久。我们还是有很多共同语言的。可是这种感情很难得到承认，相如虽然有才，但家徒四壁。爸爸总觉得他是在打我们家财产的主意，你知道吗，我们家开了三十多家冶炼企业，当时是四川首富。用你们现在的货币来算，我父亲名下的财富大概有四五十个亿。

历史的囚徒：那还真有可能，这事太值得怀疑了。您觉得金钱和爱情是什么关系？

卓文君：钱很重要，但它跟爱情一毛钱关系都没有，爱情是一种精神上的高贵，但它很容易被金钱腐蚀。

历史的囚徒：说得好，这个问题到我们今天还是没解决，也可以说越来越严重了。有人说，自古以来都是"有钱人终成眷属，没钱人亲眼看着"，您觉得有道理吗？

卓文君：毫无道理，不值一哂。

历史的囚徒：不说这个了，讲讲私奔是什么感觉？

卓文君：惊世骇俗。用你们现在的话来说，爽爆了，酷毙了。长期生活在家族的无形牢笼，表面风光，其实整个人都快憋死了。所以当相如提出一起去成都的时候，我特别高兴。活了十七年，从来没有那种心脏快要跳出身体的感觉。

历史的囚徒：感觉您是一个喜欢冒险的人啊。你们在成都开了个 waiting 小酒馆，前后大概多长时间？

卓文君：大概六年时间吧，中间我爸爸多次派人来劝，希望我回家，还冻结了我的信用卡，但我从来没有屈服。就靠小酒馆的微薄收入生活，当时成都的酒风不浓，不像现在，到处是酒吧。

历史的囚徒：后来汉武帝赏识司马相如的才华，请他去长安工作，为什么他不带上你？

卓文君：因为我一直生活在四川，从来没去过外地，我希望他认真工作，打好事业基础后再接我过去。

历史的囚徒：原来如此，那他后来写信越来越少？是不是不爱你了？

卓文君：我们一起生活了将近二十年，他本来是不愿意出去工作的，但汉武帝给他写的信，根本不像一个皇帝写的，倒像是一个粉丝的表白，说多次读他的《子虚赋》《上林赋》，以至于能够背诵……文人的毛病就是怕别人拍马屁，更何况对方还是特殊身份？不过他接触的人越来越多……

历史的囚徒：你的意思是距离没有产生美，而是产生了第三者？

卓文君：他很多朋友劝他纳妾，这在当时并不是什么大不了的事，我也不想跟他斤斤计较，毕竟爱情不是你输我赢。

历史的囚徒：您给他写了好几首诗，读来很长情，比如《白头吟》里的千古名句"愿得一心人，白首不相离"，从里面可以看出期待，也有隐隐的不安，是不是也有被真爱抛弃的恐慌？

卓文君：我只是很久没见到他了，你知道吗？他离开五年，只回来过一次，水手出海、宇航员上太空也没这么久的。我悄悄哭过很多次，聚少离多，没事只能给他写信。

历史的囚徒：他最后还是回心转意了，不再提纳妾的事情，而您也终于到了长安，这一仗您是赢了？

卓文君：到长安后，他对我更好了，我至今也没想通为什么，可能还是诗中的暗示起了作用。你们现在是不是有矛盾就大肆争吵，一定要有个高下输赢？其实这样是不会有什么好结果的，尤其是对女性。

卓文君：婚姻和感情需要智慧，更需要经营，撕破脸皮总是不好的，多好的感情都经不住折腾。

历史的囚徒：好的，今天的访谈就到这儿，我想大家听了卓老师的讲述都会有所收获。我们下次节目再见！

卓文君：我看过你们所有节目，希望能更长一点儿，这样嘉宾能有充分的时间来表达。

历史的囚徒：是的，我们一直在改善。按惯例最后可以送一句话给大家，您想说的是？

卓文君：只要眼里有情人，天天都是情人节。

李清照：没有爱情的人生，
就像盼不来黎明的长夜

（背影音乐响起，主持人上场）

各位观众大家好，欢迎收看第二十期《古人面对面》！今天我们迎来一位重量级女作家，她是"婉约天后"，也是山东女汉子；她年轻时撩过暖男，中年时斗过渣男。现在让我们以热烈的掌声有请李清照女士。（全场响起经久不息的掌声，电视墙上开始播放李清照的著名词作以及杭州美景）

历史的囚徒：清照姐姐你好，虽然你的知名度很高，但我们的节目有一个自我介绍环节，不知道你愿不愿意做个有特色的介绍呢？

李清照：很高兴来到《古人面对面》节目，我是李清照，清白的清，照暖他人的照，我是山东济南人，生活在北宋、南宋时期。我喜欢写词、旅游、购物，典型的白羊座。

李清照：我是你们节目的忠实观众，所以收到你们的邀请，我毫不犹豫地推掉了其他活动。

历史的囚徒：谢谢，谢谢！那你觉得我们已经播出的 19 期里，哪一集给你的印象最深刻呢？

李清照：要说印象最深的，当数张献忠那一期，因为你们恰当的调动，精心的设问，张献忠完全向大家袒露了他的内心，完全没了杀人魔的感觉，我觉得你们的节目有种独特的魅力，就像你在一篇文章里说的：一个人不管是非功过，他都是历史的孩子，这种平和的心态很赞！

历史的囚徒：唔，再次感谢！现在让我们开始对话吧？！我们节目的提问一向比较直接，不太考虑嘉宾的感受。

李清照：既然来了，就没有什么不能谈的，我也很讨厌那些不咸不淡的访问。

历史的囚徒：那就好。第一个问题，从现有资料来看，你是一个爱国词人，一个认真生活的人，一个很重社会形象的人，但同时你也是一个酒徒，一个赌鬼，一个蹲过监狱的人，这么多角色全集中到你一个人身上，是不是有点分裂呢？

李清照：我觉得一点都不分裂，你知道人是什么物种吗？他（她）是万物的灵长，可以集中太多互相冲突的东西，有很多不好的东西在人体内，纠缠如怨鬼，执着如毒蛇，心里有无数个小电锯，每天拉来拉去。所以别想得太多，在这方面我们要无条件承认存在，接受存在。一个人有点小复杂，有些小纠结，不是什么坏事，只要他（她）能与周围的环境相融，也能实现自洽。

历史的囚徒：听懂了。就是说，一个人不要恐惧自己多样复杂的个性。

李清照：看起来，你还是有点似懂非懂。我觉得你的粉丝水平很高，他们应该是懂的。

历史的囚徒：那倒是，我一直认为真正聪明可爱的是广大囚粉，他们给了我最大的爱心和宽容，很多人说，只要我写，写什么都行，他们都会认真去看的。说实话，我有点不自在，因为我不知道他们是不是偷偷笑着看我表演。

李清照：我不具体评价，只送给你五个字——做好你自己。

历史的囚徒：有点说跑题了。第二个问题，很多人说赵明诚后来不爱你了，开始纳妾；后来在抗金的时候又当逃兵，所以你才发出"生当作人杰，死亦为鬼雄"的慨叹，这些都是真的吗？

李清照：我知道你会问这样的问题，现在我就官宣一下。明诚纳妾，是经过我审批的，我们结婚十年，一直没要上小孩，我们的压力都很大，也去医院做过全面检查，但查不出来。哪像你们现在医学这么发达，可以做试管婴儿，想生男就生男，想生女就生女？后来我主动提出来让他纳妾试试，不过他的两个妾都没能生育，是不是他的生育功能有问题，也搞不清楚。事情就是这样，没想到你们会把这个当成八卦来传播，说我们的感情破裂之类的，其实不是你们想象的那样。我们的感情一直很深，正因为这样，才有纳妾的事，这是一种夫妻间的高度信任，再说你们是"一夫一妻"制，不会懂的。

李清照：说他在抗金的时候当逃兵，这个我承认，虽然他在逃跑的时候，已经被免职，但他终究是个公务员，我确实有点失望，但我理解他的苦衷，他是一个书生，有他的局限性，我既然嫁给了他，就要接受他的这些局限。（淡淡的、悠长的音乐声响起）

历史的囚徒：我不想煽情，但听着听着，有点感人，第三个问题是，你的爱情观是什么样的？

李清照：其实我的作品，大多数都在描写爱情，如果你认真

145

读过，一定会有所感悟。爱情是非常美好的，我特别享受爱情中那些小惊喜甚至小意外，我想正是这些东西让爱情一直保持新鲜感。没有爱情的人生，就像盼不来黎明的长夜。

历史的囚徒：所以明诚离开三年后，你以四十八岁的年龄再婚，也是在追求爱情？

李清照：很多人觉得我跟明诚的爱情很纯、很真、很唯美，所以不能容忍我再开始一段新的感情。我觉得这是不公平的，明诚去世后，一直活在我的记忆深处，但他毕竟走了，而我还得活下去，当时社会动荡，我一个老大妈凭什么活下去，保护好身边那些文物呢？也只能找一个伴，加上我当时确实病得很严重，容易对关心自己的人产生错误判断，这才嫁给那个渣男的，不难理解吧？

历史的囚徒：当然理解，那种"从一而终"的世俗观念，确实太害人了，对一个女人来说，最不人道的是什么？我觉得是让她一个人去熬，熬到泪流满面，熬到穷途末路，熬到地老天荒，我不知道这样的贞节牌坊有什么意义。

历史的囚徒：好像女人裹小脚、立贞节牌坊都是从宋朝开始的，所以还是很佩服你的勇气，毕竟要面对那么多卫道士，他们动动唾沫，就可以淹死一个女人，但你还是迎难而上了。

李清照：别人都不会为你的生活负责，很多人甚至希望看你的笑话，所以你一定要对自己的人生负责，要做什么，认准了就去做吧！

历史的囚徒：我在查阅资料的时候，发现婚后二十年你都是小鸟依人型，但后来经历那么多坎坷，你才变坚强的？

李清照：生活会教会你很多东西，我最佩服的人是苏轼老师，他的人生经历就很不平坦，但他一直坚持做自己。我想，写了多少好作品，获得了多少世俗的承认是次要的，最重要的还是要过好当下的自己，这是一种对自己的尊重，也是一种对自己的人道主义，生命只有在进入使用的时候才最有价值。就像你们说的那样：right here，right now！

历史的囚徒：我觉得你对人生的思考，远远超出我们的想象啊，最好的作品，是不是都建立在对生活的超级理解上呢？

李清照：这个我也说不好，因为每个人对生活都有他自己的理解，不存在谁比谁的理解更高深、更高级。但有一点我可以告诉你，其实只有坚持自己，你才能在生活中有所得，凡是一直憋着自己的，委屈自己，又不愿去寻找出口的人，都会很惨，等他离开这个世界的时候，他会觉得，自己活得像这个人，像那个人，像所有人，唯独不像他自己，你说这样不是很失败吗？

历史的囚徒：能说说你对自己的哪一首作品更满意吗？

李清照：其实都挺满意的。当然最让我感动的是两首，一首是"倚门回首，却把青梅嗅"，那是我的成名作；另一首是"寻寻觅觅，冷冷清清，凄凄惨惨戚戚"，每次读之，我都会流泪。

历史的囚徒：是的，这两首词，我相信也打动了很多很多的人，实际上它们记录了人生的两种不同状态：顺境和逆境。

李清照：为什么我愿意来接受访问呢？这就是原因了，你们对嘉宾的分析总是特别到位，连口才最差的人都会打开话匣子。

历史的囚徒：再次感谢你的时间，我们今天的节目进行到这里，也该结束了，如果最后让你送给观众 一句话，你会说什么？

李清照：人生是个很艰辛的过程，但喜欢生活的人绝不是一个失败者！

历史的囚徒：说得真是好极了。希望再有机会跟你详细聊一下文学，让我们下次节目再见。

李清照：这样吧，我也给你做个广告——想跟古人混得熟，就看历史的囚徒。

历史的囚徒、李清照、众粉丝：Yeah！！！

惺惺相惜

诗仙和诗圣相拥，哭得稀里哗啦

说到诗歌，李白是第一个要提到的人物。他将人类想象力的极限，拉高到一个空前的位置，这一千多年来无人超越，甚至无人挑战。不服不行，李白专治不服。

他的诗，但凡中国人，都能背诵几首。有的人特别夸张，边背边哭——这世上怎么还有如此玩弄文字之人？

他喝酒，空前提升酒的文化意蕴，导致酒的成交量上升。如果说千百年来中国白酒有一个代言人，也只能是李白。

他交友，不仅前辈大诗人贺知章、孟浩然是他的铁哥们，就连木讷的杜甫都围着他转。两人共睡一张床，诗圣迷他，迷得不要不要的。杜甫从来不对第二个人这样。

写诗、喝酒和交友，别人都可以学。有一样根本学不来，那就是他的个性。什么个性呢？一个字：拽。

可是他再牛，按世俗的定义，他也不能避免人生的三大失败。

失败之一，官场。

李白是一个有理想的人，他曾跟朋友说："吾身长不满七尺，而心雄万夫。"问题在于，李白根本不屑参加科举考试，也不想从小官干起。用现在的话来说，没有基层工作经验，不堪大用。官场自有其运行规律，李白玩得转文字，却玩不转官场。蹉跎岁月、中年苦闷之时，他忽然想起家乡的名山大川，写了一篇《蜀道难》。那句"蜀道难，难于上青天"的慨叹，大约是他内心在大片大片泛苦水——原来要进个步，这么难。对于官场，李白远没有人们想的那么超脱和淡然。有人考证，李白背过全本的《贞观政要》，而那是指导官员如何成长，最终成为宰相的一本书。夜深人静，他热血难凉，爬起来给荆州长史兼襄州刺史韩朝宗拍马屁——"生不用封万户侯，但愿一识韩荆州。"除了韩朝宗，他还先后

（清）苏六朋 绘《太白醉酒图》

给十多个达官贵人们写自荐信，意思都一样，"给我一个机会，还您一个惊喜"，但估计那些信件都被扔进了垃圾篓。他只能把梦想藏在心中，通过写诗缓解痛苦，转移注意力。事实证明，只有写诗这条路才真正属于他。

后来文名渐盛，又有玉真公主转发推荐，情种皇帝唐玄宗也想认识李白。盛世嘛，多一个人来歌颂，不是坏事。何况这个人的诗，读起来还真有点意思。对于朝廷发出的offer，身在湖北安陆

的李白喜出望外，行李都没收拾好就开始赶路。这种心情，他是一定要第一时间记录下来的，所以有了"仰天大笑出门去，我辈岂是蓬蒿人"。爽歪歪，飘飘然，似乎快要上天了。

实在是高兴得太早了。他那狂放的脾气，又怎能融入官场？果然，时间不长，他就对那个给皇帝拍马屁的虚位很是厌烦。好像唯一的好处是，因为沾了皇宫的边，他随时有酒喝，有人抢着买单。他内心很矛盾。一方面渴望官位，想成为老乡司马相如那样的人，天子尊敬，流芳后世；另一方面，他性格至真，很难与官场老油条们共事。老油条之一的高力士，在皇帝身边几十年，已经练成人精。虽然平常只是给大伙传个旨，陪皇帝聊聊天，但在朝野内外，有广泛的影响力。李白一喝酒，什么都忘了。他使使眼色，抬抬手，示意高力士脱靴，杨贵妃磨墨，真是胆大包天，活腻味了。贵妃倒是喜欢他，甚至不止欣赏他的才华，隐约还有男女之间的那种爱慕。可他不该得罪高力士，生理上有缺陷的人，天生敏感。高力士召集心腹，上下其手，很是熟练，过去他们就是这样整人的。果然，不久李白就被赶出长安。

那座城市美丽如斯，却成了他的伤心地。玄宗爱才，给他留了点面子，美曰"赐金放还"。李白的政治生命彻底宣告终结。

失败之二，家庭。

李白勤于写作，却罕见提到他的家人。"床前明月光，疑是地上霜；举头望明月，低头思故乡"，这诗流传甚广，一直被小学教材选用。只有二十个字，却情真意切，读者吟诵着，很容易感动流泪。但事实上，李白二十五岁离开家乡四川后，再也没有回去过。不管他住了十年的安陆，还是流浪多年的长安，离四川并不远，但他就是不回去。于情于理，这都有点讲不通。他在四川有不少兄弟姐妹，还有十分宠爱他的父亲李客，但他再也没见过他们。不仅如此，他的四段婚姻，好些个孩子，也极少出现在他的文字中。李白的亲情呢？"酒隐安陆，蹉跎十年"，里面全是他对生活的慨叹，没有给家人留位置。估计前宰相的孙女许氏也会郁闷：原来，我爱上了一个不回家的人。

李白的第二任妻子、绍兴的刘姑娘更加刚烈，两人吵过不少架。后来刘姑娘一气之下，跟人私奔。这段感情应该对李白打击很大吧？但他从不记录。他宁愿去记录一场酒局，或者一场秋雨。他跟一个姓鲁的文学女青年同居过一段，对于这段没有名分的关系，他更可以心安理得，不挂在嘴边。就好像她不存在。最后一段与宗氏的姻缘，是黄昏恋。那时他已五十五岁，被生活折磨得身心俱疲。对宗氏，他也懒得写上只言片语。当时他诗名极盛，生活却极其潦倒。

一般情况下，作家都会给家人写点东西，比如近年特别畅销的清朝读本《浮生六记》就是典型。与李白同时代的大诗人白居易、杜甫、元稹和李商隐，都很重视墓志铭，但李白对此一点都不感冒，就连父母的纪念文章，他也没有心思去写。一个如此内心狂放、满腔浪漫的人，反而经营不好身边的亲情？他的家人，又是何等委屈？

失败之三，求道。

李白是求道追仙的忠实信徒。很小的时候，他唯一的课外爱好就是看道士们炼丹。他的家乡绵州匡山一带，有不少神情严肃的道士，好像他们要照顾大唐人民的精神生活，每天讨论一些玄乎的东西。他们相信，只要方法得当，人是可以实现长生不老目标的。对这一点，李白也深信不疑。他很多次买来矿石，在家中炼丹，有一次差点烧了房子。后来，丹是炼出来了，他第一时间吞吃，结果肚子不舒服，上厕所拉了好几次。但他从不气馁，一辈子都是。

他的头号粉丝杜甫，与其说是他的诗友，还不如说，更像是他的寻仙伙伴。他们结伴，一起走了好几个省，追寻那些美丽但模糊的传说。有一回，他们一起去寻访著名道士华盖君。听说华老师已经病死，诗仙和诗圣相拥，哭得稀里哗啦。

　　其实，李白又何必执着。他的文学成就，早已令他永生。

李商隐：如果我只剩一个粉丝，希望他是白居易

1

考你们一个问题：神奇国民读本《唐诗三百首》，除了杜甫（三十八首）、王维（二十九首）、李白（二十七首），收入作品数量排第四的是谁呢？白居易？韩愈？孟浩然？柳宗元？

都不是。第四把交椅属于李商隐。

2

俗话说，古今多少事，都付笑谈中。其实，人生喧嚣到极致，必是无言。比如，中国妇女运动的先驱武则天同志，十四岁入宫，闹腾了六十八年，革命斗争之经验，那是相当丰富。她不满足于称霸后宫，还亲自披挂上阵，当了皇帝，如此丰富的一生，该是能写百万字传记了吧？名字都想好了，《我喜欢这个功利的大唐》，可是最后，在自己的墓碑上，她却没有留下一个字。这就是无字

碑的由来，有兴趣的人，可以到陕西的乾陵去看看，反正什么都看不到。

硕大的墓碑上，只有风雨侵蚀留下的痕迹，以及某次大地震带来的裂纹。牛，太牛了！武则天的意思是，不管好的坏的，都留给后人来写。如此傲骄，如此自信！

3

在这方面，李商隐跟女皇有点像，他一生写下的最著名诗篇，有两个特点：一是感情特别特别的浓，浓到让人睡不着；二是都没有名字，因为他平生最讨厌的，就是标题党。他名下冠以《无题》的诗，大概有十七首，下面这两首，很有影响，我大概初中的时候就会背了，所以，不管你信不信，今天我是默写出来的——

无题（之一）
相见时难别亦难，东风无力百花残。
春蚕到死丝方尽，蜡炬成灰泪始干。
晓镜但愁云鬓改，夜吟应觉月光寒。
蓬山此去无多路，青鸟殷勤为探看。

无题（之二）
昨夜星辰昨夜风，画楼西畔桂堂东。
身无彩凤双飞翼，心有灵犀一点通。
隔座送钩春酒暖，分曹射覆蜡灯红。
嗟余听鼓应官去，走马兰台类转蓬。

我觉得，李商隐起标题的时候，一定在坏笑——"你们爱咋

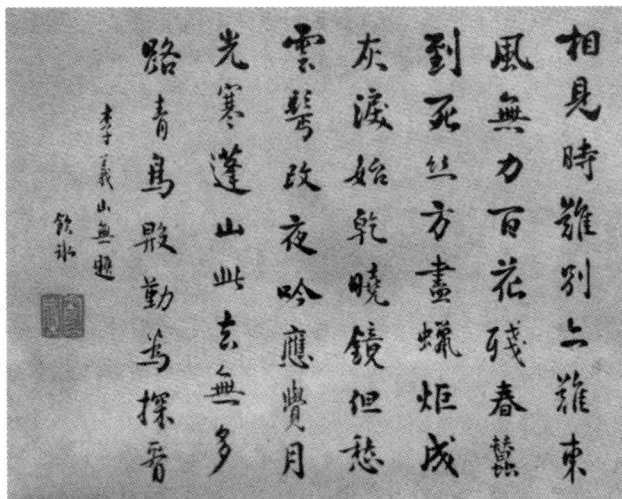

（民国）梁启超 手书 李商隐《无题》诗

想，就咋想，我才不用标题来限定你们的想象！"

也有人说，这是李商隐偷懒的表现，作为古代著名文艺工作者、一代情诗圣手，写出的诗词怎能没有题目？要知道，现代考试中如果发生这种低智商行为，作文会被直接判零分。可这正是李商隐的魅力所在，"我诗已出，题目嘛，你们来定！"

4

可是很多人却喜欢他这调性，比如白居易，白老师比李商隐整整大四十岁，是"新乐府运动"的旗手，他的粉丝数，高达三百一十八万，妥妥的大V，当时的唐朝人口，也只有八千多万。那些粉丝，主要有以下三个特点：

一是高端。李世民的十世孙唐穆宗对白居易爱不释手，他的同父异母弟弟唐宣宗也是个文学青年，专门写诗表白白居易，"童子解吟长恨歌，胡儿能唱琵琶篇"；

158

二是广泛。据说日本人都很爱读白居易的诗，嵯峨天皇把《白氏文集》当成宝贝，忙完后宫那些事儿，就拿出来拜读，这在电影《妖猫传》里也有体现；

三是疯狂。长安坊间消息说，荆州有个叫葛清的白粉，不仅每天朗诵白居易的诗句，还在自己脖颈之下纹身，内容全是白居易的诗歌（大约三十多首），当时纹身技术还很原始，这样大面积的、一针针地刺上去，想想都疼！看来，粉丝确实愿意为自己的爱豆做任何事。

5

但是难以想象，名满江湖的白老师，竟然是孙子辈诗人李商隐的铁粉。毕竟白居易的诗，就像他的姓一样，直白通俗，他是劳动人民的代言人，而李商隐的诗，却幽深朦胧得有点过分，注定只属于文学爱好者。从性别上看，白大师的男粉多，李才子的女粉多，这样的两个人，谁粉谁，似乎都很奇怪啊?！呵呵，记住我经常说的一句话——差距就是和谐。

公元 846 年，白居易走到了生命的尽头，他请李商隐给自己撰写墓志铭，还情真意切地说："希望我死了以后，转世投胎做你儿子，你可要好好教我啊!"（我死后，得为尔儿足矣。）看来，白居易不仅诗写得好，还是一个极幽默、真性情的人。历史真的很巧，白居易死后不久，李商隐便得一子，他满怀期待地给儿子取名"白老"，他对夫人王氏说："白老师虽然说的是玩笑话，但我真的可以努力努力呢!"可惜"白老"文艺细胞有限，对诗歌很不感冒，李商隐的好朋友、著名丑男人温庭筠曾打趣道："如果这个儿子是白居易投胎，就太羞辱白老师了。"（以尔为侍郎后身，不亦忝乎。）

李商隐不死心，再接再厉，不久又添了一个儿子，取名"李衮师"。这个儿子，少有文才，过目不忘，可惜，就像仲永一般，不久就泯然众人。任何事情，先入为主，想当然，都是不合适的，李商隐的"接班人"计划，正式宣告失败。

6

众所周知，白居易用情最专的男诗人，名叫元稹，他们爱得如痴如醉，堪称"千古第一好基友"。你们也别想歪了，他们的"爱"，主要是和诗——在长达三十年的时间里，两人互相唱和的诗近千首。

公元 831 年，大情种、大帅哥元稹去世，那时的李商隐，十八岁。早在十三岁的时候，他就写过一首《富平少侯》，才华初

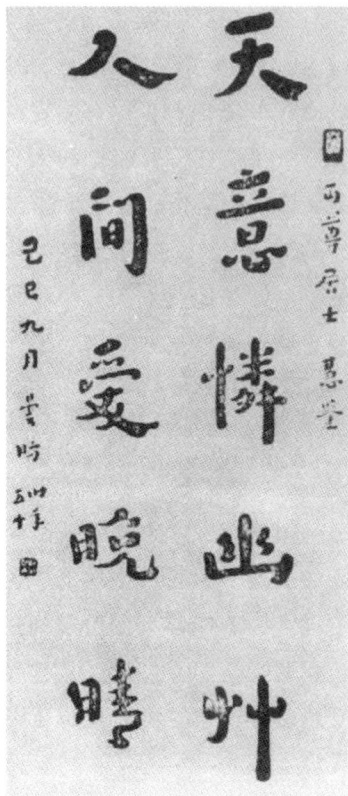

（民国）弘一法师 手书 李商隐诗句

露。搬到洛阳后，他接连写了两篇爆文，当时洛阳和长安的流浪音乐人，已经开始用他的诗来谱曲，对于有才华的后辈，白居易老师是绝不会错过的，他这个人，一辈子最爱才了！而李商隐的诗，惆怅迷离，幽怨深邃，缠绵悱恻，使出两成功力，就能吸引白居易的注意，使出八成功力，白大领袖就要惊讶这个后辈深沉的内心。同样写惜花，白居易说："明朝风起应吹尽，夜惜衰红把火看"，李商隐说："客散酒醒深夜后，更持红烛赏残花"，两个人的意境，是不是超像？

这个世界上最令人惊喜的，是什么？当然是在其他人身上发现自己。等他看到李商隐下面这首诗，即便是年龄和地位的巨大差距，也无法阻遏他内心的崇拜——

锦 瑟

锦瑟无端五十弦，一弦一柱思华年。
庄生晓梦迷蝴蝶，望帝春心托杜鹃。
沧海月明珠有泪，蓝田日暖玉生烟。
此情可待成追忆，只是当时已惘然。

读出来了吗，李商隐的喃喃自语，超级感伤？就算再铁石心肠的人，他的防线也会瞬间崩溃。这根本不是一个人对另一个人的告白，而是他对整个世界的深情。

诗魔诗豪：相似的人，终会相遇

1

有空琢磨一下古人之间的关系，挺有意思。唐朝那些诗人们，成就不一，性格各异，有的还很古怪，他们的关系，够写一千篇论文，而且很多人爱看。比如天皇巨星李白和王维，为何老死不相往来？杜甫和李白多次交集，为何一个有情，一个无意？边塞圣手高适和岑参，到底哪个更铁血、武艺更高强？"郊寒岛瘦"的孟郊和贾岛，到底是怎样比惨的？

2

今天要说的这对 CP，是同龄的白居易和刘禹锡（都生于公元772 年）。关注他们是有原因的，之前我看过一个排行榜——"历史上十对友谊最深的文人"，白居易和刘禹锡出人意料排在第一。这就耐人寻味了，因为他们初次见面时，都已经五十五岁，典型

（清）上官周 著《晚笑堂
竹庄画传》之白居易像

（清）上官周 著《晚笑堂
竹庄画传》之刘禹锡像

的夕阳之交。此前，他们互相仰慕，算是神交已久的笔友，经常
@彼此。他们有太多理由早些认识——

> 同为河南人，他们的老家相距不过一百多里地；
> 他们都反对空洞浮夸，主张文学革新；
> 他们都看不惯中唐时期官场的种种萎靡、不思进取。

照说，这么相似的人，很容易聚在一起，可是文人圈数不清
的论坛，更多的酒局，从未见他们同框。

3

公元 826 年，他们终于在扬州见面了，为那场酒局买单的，是

163

时任淮南节度使的王播。当时，刘禹锡刚由和州刺史罢归洛阳，白居易也因病不再担任苏州刺史。那是个奇怪的场景，在扬州 CBD 的小酒馆，两个胡子花白的老人，久久地拥抱在一起，虽然都是名满天下的大诗人，却一个比一个孤独。此前他们各有知己，元稹是白居易不可磨灭的回忆，柳宗元是刘禹锡午夜梦回的经常。白居易为了纪念元稹，写下让无数人哭鼻子的"君埋泉下泥销骨，我寄人间雪满头"。刘禹锡用二十多年时间给柳宗元出了一本诗集，名为《柳河东全集》，以报答柳兄弟"以播易柳"的深情。失去知己的他们，就像折翅的天使，在人间苟活。他们原本以为，大半生的酸甜苦辣过后，这辈子再无机会相见，可是老天的安排总是出

黄宾虹 绘《巴山夜雨图》

人意料。

就是那次初见，再次激发了刘禹锡的小宇宙，写出了著名的《酬乐天扬州初逢席上见赠》——

> 巴山楚水凄凉地，二十三年弃置身。
> 怀旧空吟闻笛赋，到乡翻似烂柯人。
> 沉舟侧畔千帆过，病树前头万木春。
> 今日听君歌一曲，暂凭杯酒长精神。

颈联那十四个字，更是千古金句，意思是，时间会证明，新生势力锐不可当。

最好的年华，转眼已经消逝无影，当然是有些不甘心的，那些年，有太多的遗憾和惆怅。还有很多美景没来得及饱眼福，还有很多佳人等着去相识，好像一切冥冥中早已注定，相似的人，迟早都会相见。

4

刘禹锡被贬二十三年，工作岗位都是刺史、司马那样的闲差，总之，很多人不希望他干事。

相比之下，白居易要顺利得多。白老师的坎坷主要在少儿时期，由于家里穷，他无书可读，但他的精神世界，很早就迸发出可怕的力量。据说为了练习口才，一直练得口舌生疮，为了练习书法，手上起茧，年纪轻轻就白发毕现。十六岁后，他进入人生的快车道，当时他随手写下"野火烧不尽，春风吹又生"，彻底征服了之前低估他的大咖顾况。当时李白、杜甫逝去不久，大唐人民情绪低沉之时，满心期盼：到底谁是下一个李杜？

白居易被很多人看好，包括当时连续几任皇帝。他果然没有让人失望，在坚持推动"新乐府运动"的同时，他培养大量弟子，成为大唐诗坛盟主。政治上，双鱼座的白居易更懂迂回，不像刘禹锡那么倔强，因此获得了更多发展机会，包括在皇帝身边当差，虽然只是皇帝起居言谈的记录官。

5

在扬州的余晖中，两个风烛残年的老人，以文字和酒互相安慰着彼此。很显然，当世不会再有任何一个人，能像他们那样懂得对方。生命最后十多年，白居易、刘禹锡，还有酒，成了打不垮、驱不散的"铁三角"，其实，白刘两人就是两坛老酒。年纪越大，白居易越喜欢来两杯，他把自己的号改成了"醉吟先生"。酒后，他们爱在洛阳城内外闲逛，寺庙、山丘、泉石，处处留下了他们的足迹。当然免不了用他们最擅长的方式——写诗，来表达对这个世界的看法，白居易很有心，将自己和老刘的一百三十多首唱和诗编成了《刘白唱和集》。此集一出，天下手抄本横行。

6

公元842年夏天，比白居易晚出生几天的刘禹锡走了。白居易非常伤心，为这位晚年知音写了一首悼亡诗——

哭刘尚书梦得

四海齐名白与刘，百年交分两绸缪。
同贫同病退闲日，一死一生临老头。
杯酒英雄君与操，文章微婉我知丘。
贤豪虽殁精灵在，应共微之地下游。
……

其实在写这首诗的时候，白居易的身体也一天不如一天，四年后他也因病去世。从此，诗豪和诗魔的时代结束了。生命的最后阶段，他们共同在孤独中寻找温暖，并且将这种感觉传递给广大读者，如果要在他们的诗作中找佐证，估计是下面这两句（都很有名）：

——同是天涯沦落人，相逢何必曾相识。（白居易《琵琶行》）
——人世几回伤往事，山形依旧枕寒流。（刘禹锡《西塞山怀古》）

一生已过，原谅，是世界最高境界的词汇；懂得，是人生最难抵达的状态。

刘禹锡：跟买房相比，快乐更重要

1

公元 819 年深秋的一天，衡阳野外，天色晦暗。官道上，一架马车、四个骑者缓缓而行。细心的路人会看到，这几个人的神情十分悲戚。走在队伍最前列的，是一个瘦削的、戴着八字形璞头的中年汉子，他脸上的泪痕未干，一看就是刚刚哭过鼻子。不知道从哪儿刮过来一股狂风，卷开马车上的遮布，赫然露出黑色的棺木。中年汉子扭转马头，足足呆了有一分钟。

"母亲大人，您受累了，儿子这就送您回家"，他喃喃自语。

他已经四十七岁，母亲是以九十岁的高龄去世的。在古代，这是绝对的喜丧。但他还是非常悲伤，与母亲朝夕相处半个世纪，他的生命里不能没有那个女人。没有人注意到这支队伍，也没有人会在意。

彼时，大唐帝国正滑入余晖，皇帝成了傀儡的代名词，宦官们正在冷笑，武将们正玩分割国土的游戏。李世民泉下有知，应该是想爬出来的。这帮不肖子孙，还配姓李么？

2

中年男子似乎有了写作的灵感，掏出随身的小笔记本，疾速写下几排文字。这是他多年的习惯。当他还在上小学的时候，大诗人韦应物去他家串门，他也是这样，拿个小本子跟着，勤奋得很。他不是在作秀。写作这个东西，其实只有三个诀窍，千百年来一直未变。多看，多想，多写。

中年男人的天赋和勤奋，很早就让他得到回报。二十四岁就成了太子身边的伴读。之后二十年，更是名动江湖。混诗坛的，几乎一半都是他的好朋友。当然，也有关系不好的，比如韩愈韩老师。韩老师脾气比较火爆，曾当众指着他的鼻子骂："刘禹锡，你这个家伙，坏得很！"他只是笑而不语。

3

每当这个时候，都会有另一个人在旁边帮腔，甚至动手，那个人比他小一岁，平常呆呆的，甚是酸腐，他的大名叫柳宗元。

就在离开衡阳、护送母亲卢氏棺木回家乡洛阳的时候，刘禹锡已经收到通知——柳兄弟因为长期水土不服，已经重病在床有些时日了。他熟谙医术，也常给柳

清人绘《柳宗元像》

169

兄弟把脉看病，以前生病，柳兄弟抵触吃药，再说条件差，也没有好药，完全靠年轻，硬扛，但现在，时间倏忽而过，柳兄弟已不再年轻了，这一关还能过得去吗？刘禹锡心里，是有些担心的。

4

果然，刚刚离开衡阳地界，就有消息传来，柳宗元离开了这个曾深深眷恋的世界！尽管有心理准备，但瞬间刘禹锡还是泪流满面，泣不成声（"惊号大哭，如得狂病"）。他是一个出了名的倔男人，性格有些过于刚硬。这个时候，积蓄已久的泪水，还是不负责任地流了下来。眼泪如果不为这样的人喷涌，那还为谁而流？

……

如果你知道他跟柳宗元曾经的过往，就会理解他当时的内心之痛。唐朝诗坛，上演着一部连续剧，名叫《绝代双骄》，以前是李白、杜甫，王维、孟浩然，后来是元稹、白居易，现在，轮到了柳宗元和刘禹锡。他们几乎同龄，二十出头都中了进士（那一年国家只录取了三十二人），参加工作后，他们都在御史台办公，是"永贞革新"主帅王叔文阵营里不可多得的干将。他们在事业上相互砥砺，文学上一唱一和，在生活上更是肝胆相照。

5

历时一百多天的"永贞革新"流产后，他们走得更近了。那场改革之所以失败，是因为在宦官和军阀的内外夹击下，大唐早被掏空，局面早已失控。最典型的就是领导人更换太快，从代宗、德宗……一直到武宗，刘禹锡一辈子，居然经历了八个皇帝。

对他来说最重要的唐顺宗李诵，空有一腔复兴"贞观之治"

的理想，身体却很不争气。当了二十六年太子，在将即位的前一年，李诵却遭遇中风，口不能言，凡事只能用手比划。不久，因为身体不能胜任繁重的工作，他被赶下了皇位。也就是从那个时候开始，曾经炙手可热的刘禹锡、柳宗元们，就迎来了一波又一波的政治冲击。他们一手组建的"大唐改革研究会"，也第一时间被查封取缔。冲击越大，刘柳两人的手，握得越紧。

6

他们俩有多好呢？我只说一件事，你就知道了。公元815年，经过第一次近十年的流放，刘柳两人回到长安。十年异地交困，让他们身心俱疲，撑不下去的时候，他们就互相写信和诗，一个劲儿打气。他们将各自流放之地当成了改革试验田，希望有朝一日，星星之火，再次燎原。

有时候我想，如果公元815年刘禹锡与柳宗元回到首都，不问政事，珍惜生命，远离是非，那该是怎样一番光景呢？历史不容假设，回去没几天，刘柳两人同游玄都观，刘禹锡冲动之下，吟出了那首著名的同时也招人恨的"玄都观里桃千树，尽是刘郎去后栽"。如果说他的诗句里没有含沙射影，是个地球人都不信，宦官们虽然文化水平不高，但也是不信的，他们本来就身残志坚，这首诗再次唤起了他们无穷的斗志。

回京才一个月，刘柳第二次被下放，而且是到更偏远、更艰苦的地方。柳宗元去的，是广西的柳州；为了表达对刘禹锡的特别关爱，宦官们将他下放到播州，也就是现在的英雄城市遵义。那时候的遵义，人口不足五百户，穷得连一栋像样的房子都没有，百姓的标配是茅草屋。刘禹锡是个孝子，到任何地方都会带上他的老娘，可是这次显然不可能了。老母亲卢氏已年近八旬，经不起折腾。这个时候，柳宗元站了出来，说出了令刘禹锡暖心一辈子的话——兄弟，我跟你换！

7

柳州跟遵义相比，条件也好不到哪儿去（后来柳宗元到柳州工作后，只能住在一个破庙里，不巧的是，破庙不太欢迎他，一年内数次着火）。但是柳宗元那决然的脸，滚烫的心，让刘禹锡感动莫名。柳宗元说的不是客气话，他真的给朝廷递交了互换流放地点的申请书（这就是历史上著名的"以播易柳"），真是前所未闻。

宦官们听说后，纷纷冷笑，又想捣鬼。这时候，裴度站了出来。裴老师实在是看不过眼了，他是当朝御史中丞，同时也是柳宗元的运城老乡。他站出来说话，还是管用的，最终刘禹锡被改贬到了条件稍好的广东连州。这对难兄难弟，再次踏上南下之路，一路上，他们游山玩水，超然物外，没想到，生活的坎坷让他们有更多的时间相处，写下他们共同热爱的文字。一直走到衡阳，他们才深情相拥，恋恋不舍地分开。

8

刘禹锡、柳宗元，其实在性格上有迥异的一面。刘禹锡豁达开朗，是典型的多血质性格，而柳宗元敏感多愁，抑郁质男人一枚。刘禹锡的逆商，明显要高过柳宗元，他总是善于挖掘自己性格中高扬开朗的一面，而受佛教徒母亲的影响，柳宗元一辈子都挣扎在儒学和佛学之间（这一点跟王维很像）。

下面来比较一下。对素来引人发愁的秋天，刘禹锡自得其乐——

秋　词

自古逢秋悲寂寥，我言秋日胜春朝。

晴空一鹤排云上，便引诗情到碧霄。

作为恩师眼中的"宰相之才"，唐顺宗眼中的红人（"贵振一时"），刘禹锡的观察力自然远超常人——

竹　枝

杨柳青青江水平，闻郎江上唱歌声。

东边日出西边雨，道是无晴却有晴。

他的倔强与自傲一直如影随形——

浪淘沙

莫道谗言如浪深，莫言迁客似沙沉。

千淘万漉虽辛苦，吹尽狂沙始到金。

（宋）马远 绘《寒江独钓图》

再来看看柳宗元 style——

江　雪

千山鸟飞绝，万径人踪灭。

孤舟蓑笠翁，独钓寒江雪。

是不是孤独到了极点？再来看一首——

入黄溪闻猿

溪路千里曲，哀猿何处鸣？

孤臣泪已尽，虚作断肠声。

上面这首，不是孤独，而有些惨兮兮了。

9

公元 824 年，刘禹锡在安徽下放，自我感觉之良好，到了一生的最高点，有他一篇传世之作为证，因为写得太精彩，全文录于此——

陋室铭

山不在高，有仙则名。水不在深，有龙则灵。斯是陋室，惟吾德馨。苔痕上阶绿，草色入帘青。谈笑有鸿儒，往来无白丁。可以调素琴，阅金经。无丝竹之乱耳，无案牍之劳形。南阳诸葛庐，西蜀子云亭。孔子云："何陋之有？"

从中学时代开始，我拜读这一作品，不知道多少次了，每次读之，恍然有一个微笑着的唐朝大汉迎面走来，是的，他很倔强，死不低头，对生活微笑，是一种人生境界。据说这篇文章是刘禹锡受刺激后写成的，当地官员拒不执行国家关于公务员的住宿标准，一年之内让老刘三次搬家，而且面积一次比一次小，到最后，几乎跟猪啊牛啊住得差不多了。被地头蛇欺负，估计大家只有一个选择，打掉牙齿往肚里咽。刘禹锡也一样。

反常的是，每换个地方，他都表现得很享受，每次都要写诗调侃。这种感觉，大概跟宋朝的苏东坡比较相似，就是把别人的迫害当享受。往往这种遭遇，也是史诗级作品诞生的温床，于是，《陋室铭》横空出世了！它的牛叉之处在于，一千二百年过后，还感觉作者在冥冥中指引我们——和有没有房子相比，快乐重要得多！

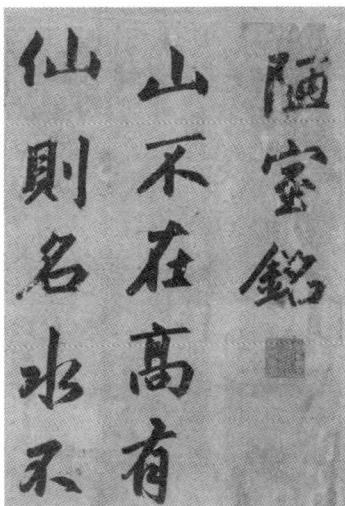

（元）赵孟頫行书《陋室铭》

10

生活可以马虎，但对朋友的事，绝不能马虎。柳宗元的遗嘱，一半都写给了刘禹锡。而老刘的后半辈子，也忠诚地守望着柳宗元的一切，他为好友扶棺下葬，亲自撰写墓志铭；他将柳宗元的儿子柳周六养大，视如己出；他又写了几十篇思念柳兄弟的诗文，一读就知道，他是哭着写的；他用二十多年时间为宗元兄弟整理遗稿，并出版专著。应该感谢刘禹锡，正是因为他的仗义和忠诚，我们现在才能看到柳宗元的著名作品，比如《黔之驴》《捕蛇者说》《小石潭记》。要知道，古代的记录条件有限，诗人们的无数精品，已经永远遗失在时空隧道。

我想用十二个大字来总结他们兄弟俩的一生——你我半生飘零，竟成一世知己！

175

李忱：历史上最会伪装的皇帝，
为何最爱白居易？

公元 846 年，盛夏，正午。长安大街上，连个人影都没有。一项影响全国的人事变动悄然发生，唐朝第十七位皇帝李忱走马上任。李忱，就是皇室的那个呆子？很多人不信。

那时的中华帝国，空有"大唐"之称，其实早就内外交困。由太宗、则天、玄宗、玉环、李白、杜甫领衔的盛唐，已经远去一百多年，空余一地鸡毛。

1

李忱上任后，首先想到的宰相人选，是七十四岁的大诗人白居易。几乎没人知道，白老师是他一生的最爱。无聊又凶险的皇族生活中，他爱躲在宫中看诗文，心里才有稍许慰藉。他是一个文学爱好者，原来喜欢李白，可惜诗仙早已离世，他认为当世最伟大的诗人是白居易。

对白老师的人品和政治才能，他也暗中点赞。可惜，两人从未有机会见面。人事部门向他推荐了好几个宰相候选人，但他心里只有白居易，甚至诏书都已拟好。圣旨正待颁发，有人悄悄告诉他，白居易先生刚刚去世。这位爱才的皇帝，抑制不住内心的遗憾，当即挥毫写下《吊白居易》一诗——

（明）王圻 辑《三才图会》
之唐宣宗李忱像

> 缀玉联珠六十年，
> 谁教冥路作诗仙。
> 浮云不系名居易，
> 造化无为字乐天。
> 童子解吟长恨曲，
> 胡儿能唱琵琶篇。
> 文章已满行人耳，一度思卿一怆然。

大致意思是："老白，你奋斗了六十年，谁知道你忽然走了！唉，我造化不够，想留也留不住你。你的诗正在大唐的每一寸土地上，尽情地开花发芽！只是我想起你，心情就特别低落！"

李忱不是专业人士，但这首诗写出来，着实情真意切、诚挚动人。他不知道，这首诗已经载入史册。因为，古往今来，皇帝为臣子原创悼诗，可能仅此一次，看来他真是动感情了。这是怎样一个皇帝呢？

2

我以前写过几个极会伪装的古人，比如王莽、曹操和司马懿，他们都是为了获取最高权力而迷惑别人，最后他们成功了，有的当了皇帝，有的被子孙追认为皇帝。总体来说，能做皇帝的，从小就必须苦练演技，它是护身符、金钟罩，还是软猬甲。演技不过关，通常会被各种力量整残弄死，根本没机会登基御宇、一展宏图。那么，谁是中国古代最会伪装的皇帝呢？我觉得上文的李忱（唐宣宗）特别有竞争力。

李忱（公元810年至公元859年），唐宪宗李纯第十三子。虽然他十一岁就被封为"光王"，那又有什么用。按照国家确定接班人的制度，他做皇帝的机会是极其极其渺茫的。更何况，他的妈妈郑氏（孝明皇后）原来只是镇海节度使李锜的妾，李锜谋反，按律应被腰斩，而郑氏几经辗转之下，入宫当差，在一个月黑风高之夜，伸手不见五指，她被当时的唐宪宗临幸，生下来的孩子，就是李忱。这对母子，在宫中饱受歧视，人人得以欺负。因为平常郁郁寡欢、呆滞木讷，大家都认为李忱"不慧"（不聪明）。某天晚上他做了一个很奇怪的梦，梦见自己骑着飞龙上天，他只敢告诉母亲郑氏，"住嘴！"见惯皇室杀戮的郑氏压低声音说，"此梦不应该让旁人知道，不要再说。"此后，李忱愈加沉默。

3

对于皇位，他更不敢抱什么希望。开会总是坐后排，一般不与别人来往，即使说话也是低声下气。由于出奇低调，很多人当他不存在，拿他当空气。即使这样，很多人还不肯放过他。侄子文宗、武宗共执政十九年，对他一点也不客气——一个极尽嘲笑之能事，一个施以无底线的迫害。

　　唐文宗李昂在位时，特别喜欢拿这位沉默寡言的叔叔开心，有一次喝酒，公然让大家去取笑李忱。"大家尽情开他的玩笑，谁开得到位，重重有赏！"李昂端起酒杯怂恿众人。李忱也很配合，来者不拒，逗得唐文宗哈哈大笑。美国总统林肯说，你可以暂时蒙骗所有的人，也可以永久地蒙骗一部分人；但是，你不能永久地蒙骗所有的人。公元838年那个春天的下午，大明宫里所有人都在笑，只有文宗的弟弟李炎没有笑（疯狂的道教徒李炎，他发起了唐代规模最大的灭佛运动）。

4

　　李炎身材高大，心机很深。在他看来，李忱完全是装疯卖傻，麻痹众人，以此达到其不可告人之目的。为此，他一直暗中观察李忱，希望找出破绽。可是李忱在表演方面十分专业，对各种试探应付自如。李炎终于忍不住了，今天派人来个暗杀，明天设计个交通意外，但李忱命大，屡屡躲过。李炎觉得这不正常，干脆派亲信将这位叔叔锁在一处隐蔽的厕所。关了一个月，亲信汇报说，李忱不仅在厕所悠然自得，有时候还抓起便便来品

（明）王圻 辑《三才图会》
之唐武宗李炎像

179

尝。即使这样，李炎的疑心还未完全消除。他靠的是直觉，强烈的直觉。有一个叫仇公武的老太监看出了他的心思，进言道："像李忱这样的人，不如杀之以除后患！"李炎一句话也没说，默默点头。

……

有这样的晚辈，也是够够的了。幸运的是，文宗、武宗都短寿，三十岁出头就殉职，永远告别了他们钟爱的事业。

5

离奇的是，仇公武建议要李忱的命，临时却改了主意，将李忱偷偷藏了起来。有人问，那时候的太监为何这么大胆子，竟敢偷偷做主？这不算什么。唐朝两百八十九年历史，太监们共拍板拥立了八个皇帝，杀了两个（唐宪宗、唐敬宗）、还废掉一个（唐顺宗）。因为他们手上有一支神策军（原为戍边部队，后被皇帝收回长安，交由贴身太监领导）。不知道从什么时候开始，大唐政权以至于皇帝的生死废立全操纵在宦官手中。

会昌六年（公元846年），发生了戏剧性的一幕。因为李忱是皇族废人代表，差点进入皇家精神病院，以马元赟、仇公武为首的宦官们认为——"李忱特别好控制、特别好欺负。"李忱意外登上了皇位。

……

宦官们马上就后悔了，简直肠子都要悔青了。因为李忱登基后，像换了一个人。原来双眼无神，行走无力，现在双目炯炯，走路带风。其实，三十多年来，虽然永远戴着面具，但李忱一直在用心观察这个国家，以及家族的种种纷争。经济上有什么问题，国防有什么症结，百姓有什么苦难，官员中谁有能力，谁是坏蛋，他了然于胸。真是一个可怕的人。

6

仅用两天时间，李忱就终结了臭名昭著的牛李党争。过去的五十多年，牛李党争就像无数枯藤，将大唐王朝折腾得奄奄一息。

李忱是个很有理想的皇帝，他不仅很勤奋，也很有眼光，为很多老干部平反昭雪，民众支持率直接上升。生活中他自律节俭，经常为一些小节，批评身陷富贵奢靡的皇子、公主。他最爱读书，尤其是集结了唐太宗李世民治国思想的《贞观政要》，他命人将之刻在卧室的屏风上，日日学习，读书笔记就有一大摞。

为了复兴帝国的辉煌，他实施了很多开明政策。对长期悬而未决的边疆之患，他启用军队优秀人才，先后击败吐蕃、收复河湟，平定塞北和安南。他对老百姓尤其好，爱惜民力，免除了不少苛捐杂税。据说他是历史上最爱微服私访的皇帝，吃完晚饭就上街转悠。这一段时期在历史上称"大中之治"，李忱也有"小太宗"之誉。他执政的十三年，是大唐最后一次整体上行。是不是大唐落日唯一的余晖和传奇？

7

这么能干的人，最后还是患上了皇帝的职业病：妄想长生不老躁狂综合征。大中十三年（公元859年），因服长生药过量，李忱严重中毒（"病渴且中燥"）。他的身体变得非常糟糕，就像一座劣质建筑。这位一向勤政的皇帝，居然连续一个多月不能上朝。不久，即驾崩于大明宫。积毕生之力，却只成就了半段传奇。据统计，他是大唐第七位因服用丹药而死亡的皇帝。如果他再多活二十年，唐朝的命运会不会改变呢？我认为，很有可能。因为他的接班人唐懿宗是个著名的花花公子，在很短时间内就败光了他苦心积累的家底。大唐继续朝深渊滑落。还不如李忱自己多干几年。所谓天命说、气数说，都是不负责任的，也是偷懒的通常做法。历史是偶然和必然的总和，往往因为一个人忽然改变方向，这正是历史的魅力所在。

别样年华

王政君：最幸运的后宫女人

繁华锦绣，柳暗花明，悲欢离合，这就是她的一生。

——题记

1

公元前 55 年的一天，公务员王禁喝完闷酒，独自在后院踱步，踱了几百个来回，眼看夜深露浓，他的心情甚是烦躁。王家几代人，一向很本分，老老实实地在司法战线耕耘。父亲王贺，给汉武帝打工，当过绣衣御史（类似于明朝的锦衣卫），这个人很善良，因同情农民起义被当局免职；王禁从长安大学法律系毕业后，一直担任西汉司法部秘书（国廷尉史），每天 996，眼看年近半百，没有迹象显示他会被重用。

……

不过，此刻他烦的不是仕途，也不是什么案子，而是女儿王政君。政君是他二十八岁的时候生下的（公元前 71 年），是他的第二个女儿，这注定是个离奇的孩子，十分有故事性（否则，这篇文章也没必要写）。

2

历史上那些大 IP 出生时，一般都天现异象，王政君也是。她妈妈怀孕的时候，曾梦见一轮明月入怀，亮得逼人的眼，整个人清风扑面。她顿感腹中胎儿，并非等闲之辈，于是着力培养她琴棋书画、待人接物。

……

等到王政君长大成人，离奇的事情开始接连发生。女大当嫁，王禁先后给女儿定了两门亲事，头一个是青梅竹马的优质靠谱男青年，第二个更有来头，是当朝东平王刘宇（汉宣帝的第三子）。可是定亲不久，两位准新郎都离奇死亡。当地官府立案后，也查不出什么眉目。这样的不幸，碰巧发生在一个人身上，确实有些匪夷所思，古人想不通的事，都归诸神秘力量（好像现在也是），不少人开始说闲话，大意是这个女孩命中克夫，是个不祥的人。

3

王禁也很着急，花费重金到处找算命先生。他们家香火旺盛，本人繁衍能力又很强，与妻妾先后生育四女八男，但他爱每个孩子，尤其政君还是大老婆李氏所生。看相的人还是有些本事的，见到王政君，表示自己从未看到过那么出类拔萃的相貌（"此女当大贵，贵不可言"）。五凤四年（公元前 54 年），王禁听从看相者建议，将女儿献入皇宫做家人子（最低等的后宫服务员）。这是一个重要的开始，此后，王政君的离奇，逐渐变成了传奇。她的一生，就像一条奔流不息的大江，峰回路转、跌宕起伏，令人叹为观止。

在漫长的后宫生活里，她不知不觉熬成了中国历史上最长寿的皇后（享年八十四岁），当然，这远不是她被历史记住的原因。最为传奇的，是她与一个男人的故事，那个男人叫王莽，是他的亲侄子。很明显，没有王政君，王莽根本不可能篡位成功。对这个篡取汉刘天下的心机男，她最初是疼爱，惜才，委以重任。在她生命的最后岁月，这种疼爱变成了无穷无尽的悔恨。那种感觉就像毒蛇一样，每天晚上噬咬着她的心。很疼，很疼。

4

王政君不是一个无公害的傻白甜，就算她最初是，进了宫也要逼迫自己改变。中国皇帝的后宫，几千年来都没有变过，那就是表面繁荣，一团和气，背地里捅刀子、施降头、下毒药。几乎每个进入后宫的女孩都是善良的，但为了活下去，必须不停地杀人，变得蛇蝎心肠，赵飞燕、武则天、孝庄、慈禧……都是这样成长的，从女孩到女人，再到女杀手，干掉所有宿敌。我们不好去责难她们，善良在后宫是没有市场的，那是一个很特殊的江湖。要活下去，除了借鉴前人经验，说话做事小心谨慎，还必须有足够好的——运气。所幸，基层官僚家庭的女儿王政君，入宫后一路升级打怪，笑到了最后。囚徒认为，她靠的，主要是令人难以置信的运气。

运气无疑是世界上最神秘的物质，它频频眷顾王政君，让人怀疑，她曾被上帝吻过额头。照理说，她本来是没有机会的，因为西汉后宫的竞争，实在太激烈，上千女人，以身体资源（有时候还有家族因素）竞争同一个男人，比科举考试坑爹 n 倍。王政君是最幸运的那个。

5

入宫不久，太子刘奭（shì）宠爱的女人司马良娣病死，弥留之际，她还不忘砍竞争对手一刀——她哭着说，自己是被其他姬妾咒死的。愤怒的刘太子恨上了东宫的所有女人，那些新来的，因为还没有机会参与战争，得以豁免。

……

汉宣帝刘询（大名：刘病已，真不像一个皇帝的名字）很忙，但他也注意到刘奭的情绪不对，有点钻牛角尖，他决定给这个专情的傻儿子找一个太子妃。刘奭还沉浸在失去心爱女人的痛苦中，情感到了人生最低谷，对父皇的这个决定很是反感，但他也不敢得罪那个决定他未来的老男人。某个下午，他很勉强地坐到了一群美女对面，里面就有王政君。他还要赶着去喝酒，借酒浇愁，希望这场闹剧快点结束。当时王政君跪在最前排，看起来没那么讨厌，刘奭随口说了三个字，这三个字对他来说心不在焉，却改变了王政君的一生——"就她吧！"

6

王政君被洗得干干净净，送进了太子寝宫，不管有没有爱情，那一夜，王政君怀上了。这让汉宣帝很是高兴，之前太子虽有姬妾数十人，却一直没有生育。汉宣帝亲自为皇太孙起名刘骜。骜，意为千里马，亦有倔强傲慢之意（后来这个不争气的小子果然固执地在酒色的道路上越滑越远）。母因子贵，王政君从此进入人生的快车道，当时，她只有二十一岁。

又过了一年（公元前49年），汉宣帝驾崩，刘奭即位为帝，是为汉元帝。本来无心权势的王政君，成了后宫的主宰。年迈的王禁看到了这一幕，高兴得无以复加，他当时已经被封为平阳侯，整个王氏家族，从此开始显贵。

漫长的六十多年时间里，王政君包揽了西汉皇后、皇太后、太皇太后等重要岗位。命硬的同时，也经历了太多的人世悲欢。光是经历的皇帝，就有六个。

7

从一开始，她与汉元帝之间就没有任何感情基础，因为孩子可爱，他们才有了亲情。爱情缺失，是她的人生不断沉浮的原因。汉元帝虽然封她为皇后，却很快喜欢上了一个姓傅的女子，爱如潮水，如痴如醉，傅美女还为他生下一个儿子（定陶王刘康）。元帝一直想改立刘康为太子，因为他觉得刘骜没有什么能力（主要是因为不喜欢王政君）。但改立太子的提议遭遇巨大阻力，很多大臣认为，刘骜没有什么过错，改立没有足够理由。尤其是与汉元帝私交不错的中庶子（警卫员）史丹，站在王政君一边，经常说太子的好话。元帝最后的时光，王政君母子没有探视权，因为皇帝只愿跟傅爱妃、定陶王呆在一起，史丹仍然卖力地劝谏，十分执着，似乎有一股信念指引着他。元帝有些心灰意冷，终日在宫廷里打鼓——如果他不做皇帝，也许是一个不错的宫廷鼓手。公元前33年，阴晴不定的岁月终于远去，刘骜顺利接班，是为汉成帝。

8

在中国历史上，汉成帝远不及祖先刘邦，也比不上一百多年前的汉武帝刘彻，他很没有出息，之所以留名史册，是因为他宠爱赵飞燕，后来死在了赵飞燕妹妹赵合德的身上。一个出了名的酒色皇帝。这让王政君很是难堪，身居高位，缺失关爱，她很是空虚寂寥，她把希望寄托在儿子刘骜身上，却屡屡失望。她开始回忆自己的少女岁月，那时候虽然也有痛苦，但远比现在欢喜，日子过得充实又难忘，那些晴空万里、潺潺溪水、风轻抚脸的日子已经一去不复返了。为了在权力的夹缝中寻求自保，她赌上了一生的自由和快乐。那段时间，只有侄子王莽经常入宫陪她唠嗑，让她觉得生活还有那么一点乐趣。她知道这个侄子有野心，却不知道他居然是那样一个伪君子，历史上最大的伪君子！

（清）陆昶《历代名媛诗词》中赵飞燕像

双面孔融：从暖男到杠精

孔融是中国历史上年龄最小、名气最大的网红，如果说还有人在这两个维度超过他，不用想，那肯定是吹牛皮。

1

孔融同志之所以成名，很大程度上是因为他小时候让了一次梨，此后作为睡前必备，让梨的故事被大人反复讲述，据说有些小朋友听得快要吐了。有人说，让个梨，有什么了不起的？确实不一般，不信你去试试？你肯定抢那个最大的梨。

……

那时候，孔融还是一个乖巧的儿童，他静静观察周围的世界，努力讨好大人，逗他们开心，他喜欢那种其乐融融的感觉，哪怕自己吃点亏，遭点罪。大家都认为，这是个中华好少年，前途一片大好。因为孔融所处的那个时代，还没有科举制度，选拔人才，主要指标是人的德行。一个人只要有了德，他就可以做官，很大的官，就连曹操也是二十岁那年被举为孝廉后出道的。曹的第一份工作是洛阳北部尉，相当于副县长兼公安局长，从那个时候开始，他就愈加知道枪杆子的重要性。从这方面说，曹、孔这对冤家有相似之处，只不过，后来曹操在军营百般锤炼，苦练杀人技术，成为铁血军人，而孔融安静得多，成了一个典型的读书人，再加个定语，这是一位罕见的、有骨气的读书人。确实是超赞的。

文章雅正垂代豪、
坐上客常满
樽中酒不空
道见人题

清末《增像全图三国演义》之孔融像

2

孔融是五十五岁的时候被曹操处死的，而且是满门抄斩，杀与被杀，都是一招政治棋，意在为统一天下做舆论准备。在曹操看来，饮马长江指日可待，但总有些人在那里瞎起哄，比如他想挟天子以令诸侯，但环顾四周，除了心腹荀攸和程昱，其他人都在反对。当他想进一步扩大势力范围时，指责的声浪更是排山倒海，其中很多人是手无寸铁，却很会耍嘴皮子的读书人。别小看嘴皮子功夫，历朝历代，不搞定那些胡评妄议的家伙，很多事根本做不成。

"不收拾几个出头鸟，怎么得了？"一个秋后的黄昏，曹操自言自语。杀人是曹操的优势和特长，他善于在战场上杀人，利用谋略杀人，还是一个暗杀高手，很多对手的死亡现场，就像一场完美的意外，毫无破绽。对付孔融，只是小菜一碟，区别在于，什么时候下决心动手。

3

对自己的命运，孔融早有思想准备，被曹兵抓捕后，在阴暗的看守所，他写过一首《临终诗》，开头两句就是"言多令事败，器漏苦不密。河溃蚁孔端，山坏由猿穴。"他对自己身陷囹圄的原因很清楚，不仅"太爱说话"，还"刺耳难听"，但他又对自己的选择无怨无悔，在同一首作品中，他以诗明志——

> 谗邪害公正，浮云翳白日。
> 生存多所虑，长寝万事毕。

大意是讲，像曹操那样的坏人已经为害多时，天空晦暗，我们连太阳都看不到，既然活起来那么没有乐趣，死便死吧，就当睡了一大觉！

作为一个传统知识分子、孔子的后代，孔融有一身铁骨，这是很难得的。要知道，很多读书人辩论的时候头头是道，唾沫满天飞，但只要别人一亮家伙，他就瑟瑟发抖，两股战战，几欲先走。孔融是个例外。在他看来，自己既然拿着大汉的工资，就该为刘家着想，路见不平一声吼，管它春夏与秋冬……孔融是一个有追求的人，有强大的精神支柱。

汉末连年战争，谁的拳头大，谁就能主宰他人命运。在那个极度混乱、生命遭受极大戕害的年代，人民群众朝不保夕，根本没有人身权和财产权。孔融一直在苦苦思考，上下求索——一个知识分子，如何在有限的生命里，去获得超越现实的价值？

4

中国古代神童众多，灿若繁星，但处于金字塔尖的，就那么几个。著名数字天才曹冲六岁就会称象。他的爸爸曹操颇受鼓舞，认为这是自己霸业后继有人的强烈信号，曹丞相在日记里写到，儿子如此令人骄傲，自己工作干劲更足了。后世的司马光小朋友，七岁就勇救落水同伴，面对危险的那种冷静，令人叹绝，他一直坚持这种处世待人的风格，终成一代名相。相比之下，孔融"幼有异才"，成名时年龄更小，只有四岁（有的人在这年龄还不会说话，比如我）。想当年，东汉各家主流报纸争相报道他让梨的故事，一时传为美谈，在那种乱世，这个小孩的出现，极大鼓舞了人们活下去的勇气。大家还记得将近一百年前，美国经济大萧条时期出现的那个童星秀兰，邓波儿吗？是不是很像？是不是？

"融四岁，能让梨。弟于长，宜先知"，后来他的事迹还被写入国民教材《三字经》……孔融注定是开一代风气之先的大师。明代学者王夫之认为，"孔融死而士气灰，嵇康死而清议绝"，他们一个被曹操灭门，一个被司马昭砍头，共同开创了中国历史上的名士传统。这种名士颇值得研究，跟创立一番轰轰烈烈的功业相比，他们某种程度上更注重气节和名声。

5

孔融起初是受儒学熏陶的小暖男，讲求谦恭礼让，为什么后来不断与曹操硬杠，结果上了断头台？其实，孔融喜欢跟人唱对台戏，由来已久。他先是跟大奸臣董卓杠，再跟军阀袁绍父子杠，最后面对曹操的时候，杠得更是来劲，就像一个特别精神的神经病。

囚徒翻阅过很多资料后认为，十岁（公元163年）有可能是他的人生转折点。那年他跟长辈去洛阳吃酒席，当时他已经是闻名全国的小网红。得知孔融驾到，有个叫陈韪的客人不以为然，故意调侃他"小时了了，大未必佳"，没想到孔融口才非常了得，当即怼道："陈老师小的时候，一定很聪明吧？"（想君小时，必当了了）言外之意，你小的时候很聪明，长大了果然不怎么样。才思敏捷，令人叹服。在他的个性发展上，这是一个有据可查的开始。虽然十六岁的时候，为维护犯死罪的哥哥孔褒，孔融还抢着顶罪，用生命践行儒家的仁义观，但那个时候的他，实际上已经成为远近闻名、锋芒毕露的辩论家，也就是我们现在说的"杠精"。

......

这时，一个关键的人出现了，他被司徒杨赐看中，开始步入仕途。不要忽视杨赐，他在孔融的生命中扮演了非常重要的角色。杨的个性很强，不仅对前朝看不顺眼的事情说三道四，还屡次非议汉灵帝的后宫管理，所以，杨大人也付出了代价——几次因直言罢官。他在孔融身上看到了自己的影子，在他的亲切辅导示范下，孔融扬威各大辩论赛，成了国内最著名的意见领袖之一（"海内英俊皆信服之"）。

6

悲剧其实可以避免，因为曹操已经给足孔融面子。曹操和孔融最初都受益于"德"，但曹操最后亲自修改了这个游戏规则，他主张，一个人还是得有才，德不德的，没有必要深究，价值观完全南辕北辙，是曹操后来杀掉孔融的重要原因。

当然，还有一些具体的事。第一次，为了度过饥荒，保持军队的战斗力，曹操曾颁布禁酒令，但不喝酒的孔融强烈反对，他指使下属，隔三岔五找几个军官喝几杯，完全不把禁令放在眼里。

第二次，曹操远征乌桓，孔融又发表文章，讽刺曹操不仁不义，欺负弱小。紧接着是一个美女的故事——素来喜爱人妻的曹操打下邺城后，听说袁绍的儿媳甄氏貌若天仙，想纳其为妾室，江山美人两不误，没想到，有相同爱好的儿子曹丕抢了先。对这个大瓜，别人都不敢谈论，唯恐引祸上身，只有孔融敢说，不仅说，还大说特说，结果传得满城风雨。一向重视舆论工作的曹操，肺都气炸了，当即召集杀手班子开会，会议核心决议是，不仅要杀掉孔融，连他全家都连根拔起，全部砍头。真的可惜了孔融的一双儿女（女儿七岁，儿子九岁）。孔融的罪名也公之于世，分别是"招合徒众""欲规不轨""谤讪朝政""不遵朝仪""跌荡放言"，稍懂法律的人都知道，这样的罪名都是胡扯，而且够不上死刑。

……

有谁会特别注意孔融十岁那年？从那个时候开始，孔融有了 AB 面——一方面，他有礼貌、有勇气、有文化，还有理想；另一方面，他异常孤傲、爱认死理，绝不向恶势力低头。于是，一个关注生命体验，并为此不惜牺牲生命、开魏晋名士风气的家伙出现了。

诸葛亮：离开茅庐那一刻

诸葛亮清楚地记得，他对刘备说 yes，出山一起创业的那天，是公元 207 年 12 月 19 日，第二天一早，万籁俱寂，他就坐着马车，与刘、关、张三人一道，悄然离开隆中，是的，只想悄悄离开，他不想让众乡亲知道。

1

二十六岁的诸葛亮是个表面坚强、内心柔软的人，他最不喜欢别离的场面，很容易飙泪。他要带的行李不多，就三大包裹，里面除了父母的灵牌、衣服、书籍，就是一些发明的小玩意儿，有些东西，沉甸甸的，他带不走，比如，乡亲们的深情厚意。过去几年时间，他已经跟隆中的三乡五邻打成一片，我家里没米了，去你家借；你家外出打工的儿子寄来家书，我帮你读；诸葛亮尤其喜欢跟隆中的老人拉家常，他觉得老人们身上全是闪亮的智慧，每次有所得，他总会飞快赶回家，把自己的体会记下来。跟老人们在一起，他觉得无比自在，他想，在合适的时候，自己会回来跟乡亲们一诉衷肠。

……

山里的微风刮到脸上，带着点雪的凉意，又有春的气息，很是爽快。是的，公元208年的春天快要来了，都可以想象几个月后，这片土地繁花似锦的样子，每一朵花都在微笑，每一棵树都在舞蹈，无数蝴蝶令人眼花缭乱。想到这里，诸葛亮有些陶醉了。他静下心来，仔细倾听马车外的声音，整个世界，似乎只剩下"嘚嘚嘚"的马蹄声，不紧不慢，间或夹杂着关羽和张飞说笑的声音。既然选择离开，那便一直向前，向前！

2

年纪最大的刘备（四十六岁），倒是异常沉默，他偶尔叫停马车，关切地询问"诸葛先生要不要喝点酒，暖暖身子"或者"要不要歇息一会，看看风景"。虽然认识这个年轻人才几个时辰，但对其睿智，刘备已佩服得五体投地。

"自董卓已来，豪杰并起，跨州连郡者不可胜数……"，年轻人的声音仍然在他耳边回荡，这是他听过最好的国内形势分析，通透彻底，大胆笃定，充满智慧的光芒，以及匪夷所思的想象力。他很惊讶，这个二十六岁的年轻人，究竟是如何做到的？三分天下，这构想实在太伟大了！

"这只是一种可能，接下来我们还需要去实现它。"诸葛亮热情又淡定地说。这种可能，已经激得他心潮起伏，烧得他夜不能寐。为什么不早些遇到这样的人呢？

3

对近年来对全社会有影响力的人士，如曹操、孙权、刘表、刘备等，诸葛亮做过细致分析。曹操、孙权身边，谋士如云，自然是不太需要他的，而离自己最近的刘表同志，毫无朝气，已经老朽，他对比自己大二十岁的刘备产生了浓厚兴趣，并多次向好友、流亡文人徐庶和司马徽打听情况，后来，他对刘备形成了三点判断——

首先，所谓的"皇叔"旗号，并没有什么号召力。在江湖上混了那么多年，刘备自称汉

（明）戴进 绘《三顾草庐图》

景帝的儿子中山靖王的后人，但据说中山靖王的子女超过百人，如今三百年过去，保守估计，其后人超过五万人。另外，虽然刘备的爷爷当过县长，但他父母的身份只是普通群众，到刘备，只能以卖草鞋为生，再拿皇亲国戚说事，有点牵强。

其次，刘备的业务水平比较糟糕。刘备这个人，从小抵触学习，却对斗狗、赛猫和音乐创作有浓厚兴趣，结果，他既不会写诗，也不会打架。但是，刘备性格中某个特点，引起了诸葛亮的强烈兴趣，那就是讲义气。这么说吧，只要有他一口吃的，他绝

不饿着自己兄弟，无愧于"玄德"二字，这一招在乱世确实很吃得开，很多人喜欢跟他来往，愿意给他办事。最终也是这一点打动了诸葛亮，跟这么重感情的人一起创业，有盼头。

4

骑在马上的刘备，这会儿正激动得不可名状，他要好好理一下头绪，有这么优秀的年轻人加盟，看看接下来该怎么干。这些年，他失败的经历太多了，打仗，基本上打一次输一次，有时候要靠装死逃生，做生意又不是那块料，他已经办垮了好几家公司。流浪，loser，基本能概括他最近十多年的生活，那辛酸的一幕幕，在他脑海里挥之不去。他投靠过公孙瓒，到徐州陶谦处避过难，还分别在袁绍和曹操手下听过差，没人拿他当回事，想挤对就挤对，想扣工资就扣工资，完全没有尊严。几年前，他到荆州投靠了本家刘表，被安排在新野工作（也就是现在的河南南阳），虽然刘表以前是个铁血战士，此时却已老迈，对打打杀杀不感兴趣，刘备曾多次鼓动刘表对曹操开战，可刘表光名字好听，就是不表态。

富饶的荆州，有数不尽的鸡尾酒会和娱乐派对，一次酒会上，刘备喝得半醉，中途去洗手间，发现自己的大腿肉已经从紧凑变得宽松，不由得大哭一场。刘表见刘备去解了个手，回来的时候泪痕未干，很是不解。"白天有美酒，晚上有美人，不好吗？"刘表问。刘备揩了揩手，低声道："眼看我就老了，但是一事无成，太悲惨了！"（"日月若驰，老将至矣，而功业不建，是以悲耳"）这就是历史上著名的"髀肉之叹"。

5

马车轻微地摇晃着，太阳已经出来了，透过窗帘也能感受到热量，不知名的鸟儿开始叽叽喳喳，凡此种种，正好适合睡觉，但诸葛亮毫无睡意。既然出山，就一秒钟都不能耽误，要马上着手开创一个新世界。

其实，在刘备之前，很多人都邀请过他，不少人还多次登门拜访，那些人里，包括刘表的大儿子刘琦。刘琦的苦恼在于，作为长子，在获得父亲的宠爱方面，他远远比不上弟弟刘琮，他为自己的未来担忧。那年月，为自己担忧的人，太多太多。但是诸葛亮一直没离开草庐，他在等，等那个正确的人。他觉得，曹操势头正猛，又铁血多疑，要战胜这个人并非易事，而南方的孙权，近年来加紧改革步伐，专心国内政治，目前手握会稽、丹阳、豫章、庐陵等六个地级市，实力猛增，不可小看，但其他人就没有发展空间了吗？非也。曹操和孙权迟早一战，要想站稳脚跟，只能在曹孙的地盘上虎口谋食，他觉得，刘备有这样的机会。

这些年，刘皇叔总是折返跑，白忙活，主要原因是他缺少一个像样的军师，这个军师是谁呢？"当然是我，诸葛亮。"马车里的那个年轻人，嘴角忽然开始泛起笑意。他此时骄傲又坚定——"世界不会因我而颤抖，但会因我而改变"。

李商隐：公元 813 年，李商隐的拧巴人生

1

白居易很有眼光，他的孙子辈 idol 李商隐，果然成了文学史上最著名的诗人之一，尤其在情诗方面，应该能在众多写手中排进前三。很多文人，生前潦倒，死后荣光，比如杜甫，死后越来越出名，用炒股术语来说，属于典型的价值重估。李商隐呢？属于生前就发光，后来不断被抛光的类型。

他的粉丝很多，比如林黛玉，因为一句"留得残荷听雨声"，成了他的铁粉。不知道为什么，囡徒总觉得李商隐跟两百多年后的李清照特别像。唯一不像的是，李清照的早期作品充满纯爱，而李商隐呢，最出名的作品，无一例外是感伤。这位河南人，将人类情感中惆怅孤独的一面，描绘到了极致。后世评论家们总结晚唐诗歌的时候，总爱用以下两个词汇：伤感无奈、细腻柔软。这说的不就是李商隐吗？

2

公元 813 年（蛇年），在历史上是一个非常平静的年份，中外均未发生什么大事。如果说一定有，那就是情圣李商隐出生，他将和李贺、杜牧、温庭筠等人一起，支撑起唐诗的大厦。彼时已是晚唐初期，唐朝的掘墓人黄巢，就是七年后（公元 820 年）出生的。当时的大唐皇帝，是唐宪宗李纯，一位中兴之帝，他向唐太宗学习，励精图治，重用贤臣，改革弊政，在帝国老大难问题"削藩"方面取得了巨大成果，这个有魄力的男人，还迎娶了"战神"郭子仪的孙

齐白石 绘《残荷图》

女，在政界和军队中站稳了脚跟。很多爱国人士看到了大唐的希望，但事实证明，那只是一次回光返照，大唐已病入膏肓，辉煌

不再。

3

李商隐是个苦命的人，他跟李白、李贺一样，也是大唐李氏宗亲，问题是时间太久远，打个擦边球都很困难，不管是祖先李涉，还是父亲李嗣，最高干到县长这个职位，就停步不前。李商隐又很倔强，因为十岁的时候，父亲便因病去世，他与母亲在郑州郊区生活，没有固定经济来源，后来他回忆，童年时自己曾"佣书贩舂"，也就是说，为富贵人家抄书，获得微薄收入。人生步步都算数，没有哪一步是虚度。他应该感谢那段艰苦生活，在抄书的过程中，他爱上了看书，以至于"五岁诵经书，七岁弄笔砚"，虽然没钱上学，更没钱参加各种补习班、培优班，但他获得了一个最宝贵的人生习惯——阅读。

4

无论什么时候，一个人要干成事，不能只有背影，还得有背景，没有背景，去认识有背景的人，也行。

十六岁，李商隐迎来了一生中最重要的时刻，简要说，他认识了两个人，一个是文豪白居易，另一个是宰相令狐楚，白居易大家很熟悉了，这里着重介绍一下令狐楚。令狐老师绝对是一个文章高手，五岁，当其他同学在认字的时候，他已经会写诗了。长大后，更是经常撰写刷屏级文章，他的骈文与韩愈的古文、杜甫的诗歌，在当时被公认为"三绝"。《旧唐书》曾记载，在一次将要发生的兵变中，令狐楚写了一篇文章，将士们听到后，无不感动痛哭，结果兵变平息。很多读书人文章一流，政治头脑九流，令狐楚是个例外，他很注意团结同志，颇有政治才华，所以后来一路当到了宰相。

令狐楚认识李商隐后，对其创作才华很是欣赏，预感他会大有作为，一有机会便予以提携。不仅如此，他还资助李商隐上学，刚好，儿子令狐绹也在那个班上，像无数读书人一样，李商隐积极筹备科举考试，可惜，一次又一次落榜。那个时候，唐朝还没有大规模扩招，进士名额一年才四十人左右，入围的，基本上是最有才华、最有人脉的人。论才华，李商隐有一些，但是人脉方面，他就很惭愧了，他心里也有不少埋怨，在《送从翁从东川弘农尚书幕》诗中，他将考官比喻成阻挠他成功的小人，"鸾皇期一举，燕雀不相

（清）上官周 著《晚笑堂竹庄画传》之李商隐像

饶"。灰心郁闷之下，李商隐到著名的王屋山学习道术，决心不再碰科举。这时形势却发生了戏剧性变化，在令狐绹的不断推荐下，他居然在公元837年中了进士。

5

对李商隐，令狐楚同志是够意思的，几乎倾尽全力，公元838年初，令狐楚去世，李商隐是哀毁逾恒，不仅如此，令狐楚最后

呈送给唐文宗李昂的政治告白，也是李商隐帮忙起草的。有人问，关系这么好，李商隐是不是就走上了金光大道？不是，远不是。与令狐家的这种渊源，初期帮了他很多，可是他后来找了一个姓王的老婆，他的一生就开始悲催了。时任泾原节度使王茂元很早拜读过李商隐的诗，不仅邀请商隐去做掌书记（秘书长），而且把女儿许配给他。稍了解唐史的人都知道，"牛李党争"是懿宗前后最重要的政治生态，这场明争暗斗，你搞我，我搞你，一直持续了将近四十年，是压倒大唐的最后一根稻草。

李商隐的岳父王茂元与李德裕交好，被视为"李党"成员，而他的大恩人令狐楚父子却属于"牛党"。之前囵徒说，李商隐跟李清照很像，就是因为这个原因，面对现实，他们同样尴尬。李清照的父亲以及公公，在政治上属于新党、旧党两个大营，李清照两口子因此没少吃苦头，李商隐被认为"脚踩两只船"，如果尴尬是种生活方式，李商隐早知其中滋味。

6

终其一生，李商隐也只得到县尉那样低微的官位，因为在他仕途的每一步，都有人作梗，凭什么便宜都让你占了？李商隐还是一个直肠子，这种性格根本不适合在官场生存。有一次，他顶撞上司，公然替死囚说话，不久就受到排挤，单位是呆不下去了，他请了很长的病假，不久被开除。应该说，他有很多机会能翻盘，因为李德裕和令狐家的势力，一直交替掌权，但生活就像个游戏，李商隐节奏感超差，每次都恰好踩到坑里。等啊等，直到公元849年，牛僧孺、李德裕先后病故，李商隐在夹缝中的这种尴尬才算消停。

生命的最后几年，有两件事还算暖心。一是公元849年至855年，李商隐受武宁军节度使卢弘正、西川节度使柳仲郢之邀，做过幕僚和参军一类的角色。江湖上还有人记得我李商隐，自然不能给人家冷脸。二是他迷上了佛教，经常与僧人朋友来往，他将眼疾转好归功于佛祖，甚至不顾生活艰难，把所有的积蓄都捐给寺庙。人世不值得托付的时候，寻求神秘力量的慰藉，也是可以理解的，是不是？

彪悍李清照：我追赵构整两年

1

对李清照，后世文人和评论家是极其偏爱的。王仲闻说："她使婉约派发展到了最高峰，从此也没有人能够继续下去"；黄墨谷说："她流传下来的词只有四十五首，却荟萃了词学的全部精华"；最过分的是郑振铎，他说："一切的诗词，在清照之前，直如粪土似的无可评价。""最高""全部""一切"，中国历史上，还有哪个文人能享受这种礼遇？似乎没有。她天生是一个感情真挚、细腻入微的人。

其实，除了会婉约，清照还会豪放，只是她很客气，给男作家们留了点面子，还记得她那首千古绝唱吗——

夏日绝句

生当作人杰，死亦为鬼雄。

至今思项羽，不肯过江东。

偶尔亮剑,便是豪放词的代表,精品中的精品。原来,除了小女儿的绵软情思,她还有大女人刚硬的一面。她力主收复中原,写过"欲将血泪寄山河,去洒东山一抔土"那样令人血脉贲张的句子,为国为民的思虑之深,远超很多男人!

2

公元1127年10月5日,李清照从山东青州出发了,她几乎花光所有积蓄,雇了三十多个工人,运送十五车金石书画,里面有《东魏张烈碑》《北齐临淮王像碑》、唐李邕撰书《大云寺禅院碑》等古物,如果放到今天,那些东西怎么也值几个小目标。为避免引人注意,货车上盖了帆布,上面写着"灾区物资",还特地选在晚上出发。那晚的月亮,特别圆,特别亮,亮得让人心慌。

清照的使命,是抓紧将这批货物运到南方去。北方战事吃紧,在攻破汴梁后,乌泱乌泱的金兵,正杀往山东,战马的嘶鸣声、武器碰撞产生的噪音,甚至金国士兵们的喘气声,青州人都听到了。数不清的人开始逃难,李清照的这队人马,只是其中的一群。"得地得,得地得",清照骑匹白马,一直向前,没有回头,她不得不离开她生活十二年的青州。从此,除了文学家、书法家、考古学家、家庭主妇,她又多了一个身份——女镖师。

3

这是她跟"金石狂人"赵明诚结婚的第二十五年。之前,因母亲忽然过世,明诚已火速赶赴建康(今南京)。他心里最放不下的,除了清照,就是装了十几屋子的铜器、拓片和书画,很多人都知道,研究古物是赵明诚最大的乐趣,没有之一。参加工作以后，他所有的工资都花在购买古物上，很多时候钱不够，干脆"脱衣市易"（脱衣服交换）。嫁给这样的文物疯子，清照却很是喜欢，她认为，一个男人最大的魅力，是执着、专注地做一件事。赵明诚，值得爱！

4

一切都追溯到清照十六岁那年的元宵节，汴梁城举办了一场有史以来最盛大的灯会，那也是很多首都人对繁华市民生活最后的记忆，这位日后的婉约派女神，邂逅了青年才俊赵明诚。后来明诚通过她的堂弟，主动上门套词，她的那首《点绛唇·蹴罢秋千》，虽然时过九百年，却好像仍然滴着露水，有一种强烈的即视感——

蹴罢秋千，起来慵整纤纤手。露浓花瘦，薄汗轻衣透。见客入来，袜刬金钗溜。和羞走，倚门回首，却把青梅嗅。

荡完秋千，汗水湿透了薄薄的衣服，曲线毕露，见到意中人来了，害羞地跑了，还不忘回头看看，假装嗅一下门边的青梅。囚徒来解读一下：这个少女既害羞，又很懂得勾引意中人，是不是一下子让你回忆起生活中的美好，包括初恋，有没有？

清照和明诚谈恋爱的时候，经常手挽手在跳蚤市场闲逛，一个帅气，一个靓丽，是京城著名的"虐狗二人组"。他们当时并不富裕，大概有十几二十次，他们腆着脸，找商家借文物回家研究，有一次，他们在一家商铺看到了南唐著名画家徐熙的《牡丹图》。需要二十万钱，他们根本买不起，心里很难过，"相向怅怅者数日"。在别人的想象中，清照能嫁入尚书仆射（宰相）府，一定是穿金戴银，吃香的、喝辣的，实际上，她的生活是"食去重肉，衣去重采，首无明珠、翡翠之饰，室无涂金、刺绣之具"（不吃第二道荤菜，不穿第二件绣有文彩的衣裳）。功夫不负有心人，经二十多年潜心收集，他们的仓库里，堆满了金石古器、碑刻铭文和图书，仅铭文拓片及碑帖就有两千卷。说他们家有个博物馆，一点也不夸张。

5

可是那些宝贝，现在很是烫手，从庙堂到民间，都知道赵明诚李清照夫妇家里有大量文物。宋高宗赵构就曾多次派亲信王继先拿着黄金三百两去购买（还好，没有直接没收），很多江湖大盗也盯上了这批货。所以，清照的这次押运，很是艰难，一般情况下，只在晚上赶路，白天休息。经海州（连云港）、渡淮河、过长江，好不容易抵达江宁。这时传来消息，青州陷落，老家十多间房屋里的文物，被愚昧残忍的金人付之一炬。国难当头，还

（南唐）徐熙 绘《玉堂富贵图》

211

有什么人身财产权可言?

两年后,金兵又追杀到江宁,当时赵明诚在赴任湖州途中,身染重病,清照闻讯,乘船一天一夜疾行三百里,终于见了丈夫最后一面。"小照,我对不起你,夫妻一场,我们没有孩子,"弥留之际,赵明诚握着妻子的手说,"你就把这些金石书画当成我们的孩子吧!"(危急时当自负宗庙礼乐之器,与身俱存亡)八月,明诚抢救无效,亡于建康(今南京),终年四十九岁。

安葬完丈夫,清照情绪低落,大病一场("唯喘息而已")。她不得不再次护送文物南下,一路追赶南逃的宋高宗赵构,她想把这些文物献给国家,在她眼里,虽然赵构自身难保,但天下最有能力保全这些珍贵文物的,也只有这位逃跑皇帝了。但是很遗憾,无论计划如何周密,她只是一个人在战斗,高宗逃跑的速度,永远比她快一步。温州、越州、衢州、杭州……从公元 1130 年春节到 1132 年正月,清照追赵构,整整追了两年。是不是很彪悍,很执着?在追赶的过程中,所有文物不是被盗就是被抢。不要强求她——乱世之下,天下哪有合格的镖师?

6

所幸,她和丈夫穷尽毕生之力,完成了著名的《金石录》,在我国考古界,这部书的地位很高。丈夫去世后,清照还写了一篇声情并茂的《金石录(后序)》,回忆两人三十多年的奋斗和努力,感情脆弱的人看到后,一定会流泪。

囚徒一直以来都不喜欢看新闻,却喜欢记者手记,因为里面有更多情感。也有人说,这篇后序里传递了很多复杂难辨的信息,证明清照与丈夫的关系也有裂痕——清照的父亲李格非,赵明诚的老爹赵挺之分属旧党和新党阵营,这是矛盾的最初来源;有人说,婚后第二年,赵明诚开始为官,并且纳了几个小妾,两人差

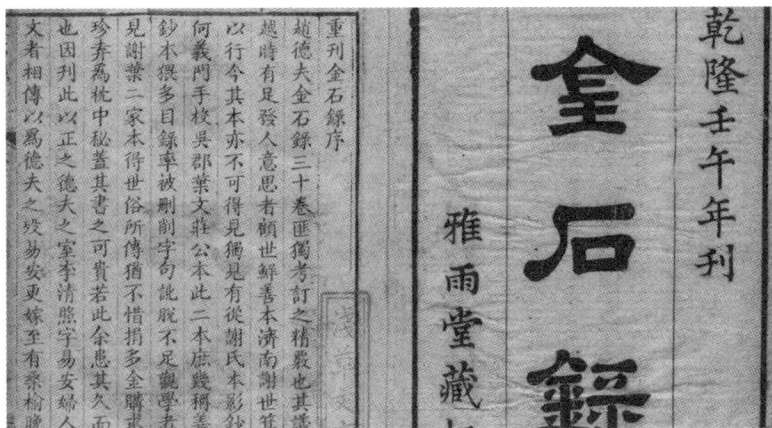

清乾隆刻本《金石录》书影

点离婚；有人说，赵明诚在国难之时居然独自溜走，清照很是失望，于是创作了那首《夏日绝句》；还有人说，在赵明诚心目中，金石的重要性远超妻子；甚至还有人说，赵明诚那方面不行……再说下去，就全是野史了。

世界上的事，都是不完美的，我们要追求美，但不要追求完美。清照是女神，但她不是真的"神"，唯此，她的烂漫、执拗、挣扎、苦楚，才能通过短短百字，彻底征服我们。

史上最炫状元

没有父亲，就没有王阳明。这不是废话。父亲不仅给了他生命，还给了他探索的空间。

——题记

1

状元这个群体挺有意思。小时候，曾经看过很多类似的故事，故事的主角是寒酸的读书人。他们身处社会底层，缺衣少食，被恶人欺负。后来他们高中状元，人生逆袭，敲锣打鼓回乡。他们的女朋友喜极而泣，抱着他们说："官人，为你打 call，我真的没看错你！"然后，他们冷笑着，惩治恶人贪官。人民群众拼命鼓掌，手都拍红了。那一瞬间，囚徒好感动。人生成功，不过如此？

……

去年，囚徒曾到江西上饶玉山县怀古，那是中国历史上最年轻状元汪应辰的老家。汪应辰十八岁中状元，很得宋高宗赵构的赏识，没错，就是那个历史上最著名的投降派皇帝。可是汪状元很有原则，也很有方向感，后来他加入主战派阵营，很有骨气。我特别醉心于这样的故事，从江西回到北京，囚徒就特别想写一本书：《中国状元史》。

明代绘画中的殿试

2

科举是联结统治者和平民的一根有效绳索，是社会保持伸缩性、活跃度的重要途径。几千年来，"修身、齐家、治国、平天下"（《礼记·大学》）的理想，烧得读书人满心抓狂。无数寒门子弟通过苦读以及个人修炼，跻身庙堂，为国所用。可理想归理想，现实归现实，官场是个大染缸，那里有攻讦，有算计，有阴谋，还有杀戮。满腹经纶、满脑理想的年轻人，刚成为公务员，难免在心理上有巨大落差和强烈冲击。对于获得古代读书人最高荣誉的状元来说，更是如此。既然得到皇帝的恩泽和钦点，他就是天子门生，便有了对于国家和百姓的莫大责任。可是，很遗憾，他们总是离理想越来越远。

3

唐高祖武德五年（公元623年），河北人孙伏伽参加一场国家考试后，成为历史上第一个状元。当时这还是个新生事物，没人知道它会影响知识分子上千年。唐朝和宋朝，是状元含金量最高的时候。清光绪三十年（公元1904年），当孙伏伽的河北老乡、写得一手好字的刘春霖拿到状元铭牌时，他已经笑不出来，因为状元制度已经走到了尽头。

在近一千三百年的漫长岁月里，历史上共诞生了五百九十二位状元。加上小政权以及武状元，总数应该不超过七百人。可谓精英中的精英，人才中的人才。

4

下面再简单说一下状元们的命运。

为了融入官场，绝大多数状元在揭榜后，做的第一件事就是拜码头、找靠山。趋炎附势、攀龙附凤是他们的必修课。毕竟一次考试并不能说明太多问题，不能令寒门子弟脱胎换骨。要在仕途上有更大发展，必须有大佬赏识。皇帝是最大的大佬，可惜皇帝太繁忙了，前朝后宫，文治武功，好不容易挤出来的时间，还要与群众打成一片，微服私个访，野外打个猎。有的皇帝喜欢一天到晚呆在深宫炼丹，钻研养生和医学，时间就更没谱了。状元们只好求诸权臣，甚至皇帝身边的宦官。这是一件很不幸的事，因为状元们会很快失去自我、随波逐流。然后，慢慢沉沦，籍籍无名。即使他们中不少人有机会身居高位（清代一百一十四名状元中，官至一品大员的就有二十人之多），但也难免平庸的结局。这也是他们在考试中表现出色，但很少能留名青史的原因。反倒是一大批落榜（或者反复落榜）的人更加优秀，因为他们内心憋着一股气。落榜生们最后成了大赢家，毕竟人生才是最大的考场。

……

状元中不是没有牛人。比如唐朝的贺知章、王维、柳公权，南宋的陈亮、文天祥。他们有的在才华上有两把刷子，有的在气节上令人拜服。但在我心目中，历史上最成功的状元不是他们。而是一个叫王华的人（我一直觉得这个名字取得很失败，估计输入公安局的电脑系统，会跳出上百万人）。名字是很普通，但这个人，极不普通。

5

江浙一带，历史上盛产读书机器。生于明朝正统十一年（公元 1446 年）的王华，就来自浙江余姚。王家生财有道，比较富裕。王华从小就聪明，学什么会什么，就像一部中国版 T800，尤其是诗词，过目不忘，口才极好。加上他这个人长得比较帅，但又不是炫目的那种，容易给人亲近感，很多人看好他。时任"松江提学"张时敏看过他的文章后，认为他迟早是状元。张时敏是教

（明）王圻辑《三才图会》之王华像

育界权威，有他的加持，王华火了，不少家长重金聘请他去做家教。张提学确实很有眼光，有通过看相致富的潜力——成化十七年（公元 1481 年），王华果然高中状元（辛丑科进士第一人）。Perfect！这里对他中状元只是一句话带过，有点过于简单，其实他也不容易，经历了多少读书之苦，只有他自己知道。

王华的仕途很顺利，先后当过翰林院修撰、学士、礼部侍郎以及吏部尚书等。他人生的巅峰，是公元 1496 年开始给明孝宗朱祐樘当老师，师生关系很是融洽。孝宗给他四品朝服，外加一条金腰带。可以吹一辈子牛了。

6

比起他的才华，他的德行更值得一说。史书记载了跟他有关的两件事，可见一斑。

一是王华六岁时，在河边捡到一袋黄金。这个孩子很厚道，一个人坐在河边等失主，足足过了几个时辰，才最终等来失主，那是个醉汉。醉汉重金酬谢，被他拒绝。

二是他成年后，曾在某富翁家借宿，主人家见他一表人才，又有名气，居然有意借种，被王华严词拒绝。主人的小妾百般诱惑，王华都没说 yes。至少有三次，王华与朋友聚会，坚决拒绝了前来陪侍的女青年。

……

拾金不昧，不为色动，这也算很有节操了。但王华最大的成就，却不是因为这些生活琐事。他一生，育有四子。老大的名字，可以亮瞎你的眼——王守仁（王阳明）。

7

这个儿子，很怪。从小，他就习惯岁月静好，万事不急不躁。在娘胎里，他一共坚守了十四个月。长辈亲友们的欣喜，慢慢变成了焦虑和煎熬。作为父亲，王华更是每日面色凝重。快要临盆时，王家祖母梦见天神降临，怀里抱着一个挤眉弄眼的小婴儿。祖父一听，给这个新生儿取名"云"，出生的地方叫"瑞云楼"。一看这登场的气势，就不得了。

……

接下来还是煎熬。小阳明一直长到五岁，居然还不会说话。街坊都怀疑这是个哑巴。当家人准备送小阳明去医馆时，他却因为一个和尚开口了。那个和尚白须飘飘，慈眉善目。当时他路过余姚，到王华家化缘。偶然看到五岁的小阳明，不禁大吃一惊——"这个娃儿，原是天上的神童啊。""可惜，你们给他取的名字泄露了天机！"王华听罢，马上划去家谱上的"云"，改了个新名字：守仁。当天，小阳明忽然变成了话痨，停都停不住。

这个未来的大人物，从此开挂。

王华：如果真有轮回，我们还做父子

1

今天我想讲一个跌宕起伏、激动人心的故事。我叫王华，这个名字是不是特别普通，普通得有点残酷？别说你们了，从小学到大学，我自己都有五个同学叫这名儿。跟这个名字一样，我也是一个普通的读书人。我家世代都是读书郎，信奉的格言是"只要读不死，就往死里读"。其实科举考试很简单的，没有任何规律，只需死记硬背，所以出产了很多积极的废人。

......

我们家出了不少公务员，但都是在基层耕耘的那种。王家祖辈里也有名气大的，比如元朝末年的王纲，算起来是我的太爷爷，他最擅长看相，连当时的皇族都有求于他。他最牛叉的还不是看相，而是交了个朋友叫刘伯温。后来刘伯温跟着朱元璋发迹，还专门推荐王纲太爷出山。当时太爷已经七十岁，还领兵去潮州平暴。如果说我们王家有文武全才的传统，是不是从那儿开始的呢？

220

很有可能。

2

俗话说，相由薪生，薪尽自然凉。说起来，读书人总是跟穷酸形象联系在一起，但我们家不一样。王氏家族的市场嗅觉很灵，在余姚大规模兴办各种私塾和补习班，经常押中高考题型。我们还开了当地最大的一家墓志铭公司，聘了很多写手，所以我们从来不为生计发愁，只希望后代能继承我们的事业。读书人的事业是什么呢？当然是上为国家，下为黎民。

我爹妈管得很严，所以我的生活特别枯燥，除了读书，就是练字。我有自己喜欢的女孩，前后有好几个，但为了不影响学习，我自己掐灭了爱的火焰。后来我是包办婚姻，当时我二十五岁，在明朝算是晚婚了。那个女孩姓郑，是个普通人家的女儿。还好，揭开盖头的一瞬间，我就爱上了她。我们那个年代的年轻人都一样，不爱，也要想方设法让自己爱上。当时离婚率低得离谱，可能不到百分之零点一，哪像你们现在高达百分之四十几？亏你们还是标榜自由恋爱的，我看不起你们。

……

第二年，我们的第一个孩子出生了，我父亲给他取名王云。跟我的名字一样，还是平淡无奇。这个孩子出生时很不容易——他在娘胎整整呆了十四个月，很有定力。我当时心里很纳闷，来到这个世界，这个孩子是有多不愿意？

3

但我想说，这个孩子给我带来了好运。没几年，我就考中了状元。我本来只是个地方小干部，一直在业余复习备考。考中状元后，整个城市都轰动了。根据人事部门的安排，我们全家搬到了北京。那个时候我又有了第二个儿子守文，但我最下心血的还是老大。当时他的学生证上的名字已经改了，不叫王云，而叫王守仁。我最大的梦想就是让他也成为状元，父子两状元，历史上很罕见，这是多么拉风的事？

毕竟人一辈子的时间是有限的，很多事情需要几代人去做。但是，最不让人省心的也是他。

他在娘胎里呆了十四个月才出来，后来他五岁多才会说话，这些我都不想说了。根据我的观察，这个孩子比较叛逆，成天想那些漫无边际、虚无缥缈的事儿。

到了北京，远离家乡，我想这是一个新的开始。但京官难当，我也特别害怕他被带坏，北京的孩子多少有点背景，不像余姚的孩子只有背影。守仁只有七八岁的时候，迷上了下象棋，一琢磨就是大半天，结果就荒废了学习。我很生气，有一次趁他睡午觉，将棋子连棋盘全扔进了河里。结果他跟我冷战，整整两天时间没有理我。

（明）沈俊 绘 《新建伯赠侯王文成公像》

他还写了一首歪诗来谴责我。有多歪呢？大家来看看——

象棋终日乐悠悠，苦被严亲一旦丢。

兵卒坠河皆不救，将军溺水一齐休。

车行千里随波去，象入三川逐浪游。

炮响一声天地震，忽然惊起卧龙愁。

一看这创作力，我就特别绝望，还能指望他成为一个牛的知识分子吗？连个十八流诗人都不配。看到我一脸嫌弃，孩子他妈倒很是心疼，还埋怨我太苛刻。我孤独啊，特别是夜深人静，我翻来覆去睡不着，久而久之，我严重失眠。

4

还有一点难以忍受的是，这孩子喜欢武术，整天舞枪弄棍，研究排兵布阵。是的，天下不太平，朝中奸臣当道，境外有反动势力，内忧外患让我大明不得安宁。可是，自古以来术业有专攻，读书人就应该好好读书，何必去琢磨那些武夫的事情？我后来实在忍不住了。跟他说，如果你再不给我好好读书，我就打断你的腿！这孩子真有股硬气，他不怕，照样跑出去浪。我总觉得他就要毁了。我觉得每个孩子都有叛逆期，你让他往东，他偏往西。

"也许过几年就好了吧"，我心想。

……

守仁十三岁那年，他妈妈去世了，我从此当爹又当妈。

在他十五岁那年，我安排他去北边的大草原旅游了一段时间，看了万里长城，我赞助的旅费。那是个很危险的地方，兵患盗匪横行，一般人不敢去。为了避免麻烦，他还用了化名。我是想，他去看看天下，能感觉到一个人的渺小，也许就老实了。没想到回到北京，他塞给我很长一篇文章，说他在旅途上写的御敌之策，想请我呈交给皇上。我当时有点冲动，抬手就打了他一耳光。这

223

孩子不知天高地厚，太不接地气。过了几天，他又写了一篇，看到他倔强的眼神，我算是服了。有这样一个不听话的儿子，你能理解我当时的心情吗？不理解也正常。毕竟你们不是状元，呵呵。请允许我苦笑一下。

5

为了让他收心，我在遥远的江西南昌给他物色了一门亲事。我没想到就是这个决定，让他跟江西产生了非常深厚的缘分，也许这都是老天冥冥中安排的吧？

那一年他十七岁，还是一个小奶狗，新娘子是我好朋友诸养和的女儿。我见过那女孩，很满意。但结婚当天，这小子就闹出了笑话。拜天地的时候，所有人都找不到新郎，后来才知道他路遇一个道士，当场请教养生术。确认过眼神，他一直与道士面对面静坐，把结婚这种人生大事忘得一干二净。真是欠揍！但是如果看到接下来的故事，估计你们要无比同情我。守仁先后参加了几次全国高考，成绩都一般。这在我意料之中，从平常几次摸底考试就看出来了。他从内心里很讨厌、特排斥应试教育。而我对应试教育有一种变态的爱，八股文确实很泯灭人性，但它毕竟让我成了状元。

6

不久，他对朱熹先生的格物产生了浓厚兴趣。都怨我让他去了南昌，否则他就不会认识娄谅。这个娄老师是朱熹的忠实信徒，比我还大二十岁，一辈子跟理学打交道。这个老司机勾引守仁说："圣人可学而致之。"我觉得一般人千万不要碰理学，因为这东西说起来有点玄。作为还算资深的知识分子，我研究过格物致知那一套，很是艰深，我都应付不来。这么说吧，如果朱熹老师练到了第九重，我估计只到了入门级的第三重。守仁吾儿，你太年轻，凑什么热闹？

自从他爱上了格物，那段时间就像中了邪，盯着院子里一大片竹子发呆，那是弘治六年，守仁二十二岁。时间就那么飞速逝去，有几次，我都想叫人把那片竹子砍光！不过，那可是我父亲大人专门种下的，我不能砍。看竹子才一个星期，守仁这傻孩子暴瘦十多斤。你们很多人不是说"无福消瘦"吗？不妨去试一试。最后，"格物"没成功，他病倒了。赶紧打120，送到医院一查，严重营养不良，疑似精神紊乱综合征。我再也不想让他练这玩意儿了。虽然他不听话，但毕竟是我的儿子。他变成什么样，我都爱他。是的，永远爱。

7

二十八岁的时候，他终于通过高考，被录取为刑部主事。这小子终于成了正儿八经的公务员，我也舒了一口气。只要他平平安安，比什么都强。可是那年代哪有什么平安？只要你还有理想，哪怕是最卑微的那种追求，你就必须要付出代价。在这里我想多讲几句，介绍一下当时的历史背景。

当时我们的皇帝是武宗朱厚照，但其实他不怎么管事，拿主意的还是那帮阉党，为首的就是刘瑾。他们最恨的，就是我们这帮读书人，我也没少受罪。刘人妖曾想拉我入伙，但是我拒绝了。从此，我就有种担忧，怕哪天他会报复。我自己没什么，就怕累及家人。我太清楚了，他就是一个特别小心眼的人。那一天终究还是来了。

我记得特别清楚，那是正德元年（公元1506年）的事儿。刚入冬，刘瑾就指派爪牙逮捕了著名"杠精"、御史戴铣为首的二十多人，还将戴老师、蒋钦老师杖毙。守仁血气方刚，顶风上疏理论，被刘瑾打了四十大板，贬到贵州修文县龙场做招待所负责人。刘瑾也没放过我，把我赶到南京当吏部尚书，那其实是一个虚职。

人在做，天在看。

8

后来我才知道，守仁那年捡回了一条命。去贵州的路上，他碰到了刘瑾派来的杀手。

守仁很聪明，伪装跳水现场，这才幸免于难。他惊魂未定，辗转跑到南京找我。这孩子让我担心，但也让我骄傲。你们知道吗？我一直诟病知识分子没有理想和血性，也经常反省自己。没想到是守仁让我看到了知识分子身上的闪光点。只要这样的知识分子不绝种，这个国家就还有希望。

我当时觉得刘瑾嚣张不了几天，就劝守仁："国家既有任命，你就该回到贵州去！"说这话的时候，我内心也很煎熬，不知道等待儿子的是什么，这次见面也许是最后一次。几十年来我第一次拥抱了守仁，眼泪也止不住地流下来。那一瞬间，我觉得儿子真的长大了。他不再瘦弱，心理比我想象的更强大。

9

后来他在贵州经历了什么，我不是特别清楚。从他的来信中，我只知道贵州那地方特别穷——无处不在的瘴毒和土匪，顿顿窝窝头和野菜，语言上根本无法沟通。一个不小心，可能就把命丢了。浸入骨髓的孤独，令人战栗的恐惧。但在那种艰苦的地方，他也有巨大的收获。他在龙场悟道成功了。

从他的信里，我读到了欣喜。他说开始喜欢当地人，给他们

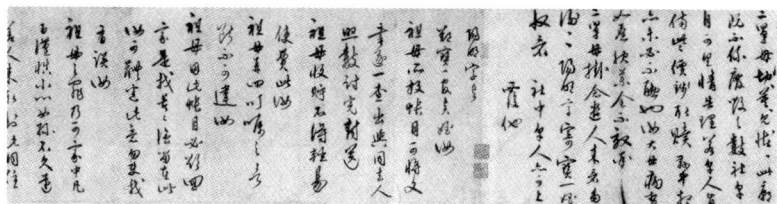

（明）王阳明手书《与郑邦瑞尺牍》

看病，为他们讲学。跟随他的人越来越多，他看到的笑脸越来越多。特别高兴看到他说的这些，如果没有乐观积极的生活态度，他可能早就崩溃了。这是一种难得的精神力量。人生是丧还是燃，全取决于你自己。

保持快乐不是一种天赋，而是一种才能。听说后来梁启超认他为"百世之师"，日本著名军人东乡平八郎崇拜地说："一生低首拜阳明。"我想，这是因为守仁特别能抗压、内心极强大吧?！并不是每个人都能在生活的打击下，笑着站起来。

10

后来的事，大家都知道了。正德五年（公元 1510 年）初，守仁谪戍期满，回到江西任职。

当年夏天，刘瑾被杨一清与宦官张永合谋弄死。我已经年近七旬，能看到那一幕，确实很欣慰。更令人高兴的事情还在后面，守仁被调到人事部工作，不久，他遇到了这辈子最重要的贵人。兵部主管官员王琼看中他，派他率兵到江西剿匪。对大明来说，那是个非常英明的决定。

也是从那个时候开始，我确信儿子真的有军事才华。半年不到的时候，他就荡平了当地为害数十年的匪患，让我大跌眼镜。紧接着，他又成了大坏蛋宁王朱宸濠的终结者。众所周知，宁王在江西经营了二十多年，兵多将广，朝中也有很多同谋，专门帮他说好话，说他不会谋反。所有人都被麻痹，看到真相的人不敢说话，宁王的谋反眼看就要成功。守仁成了大明的拯救者。是的，不是别人，正是我王华的儿子！他凭万余人的乡兵义勇军，只用三十五天，打败了宁王的正规军。是不是匪夷所思？守仁年轻时看兵书、搞军演、喜欢骑马射箭，确实是有几分道理的。有点汗颜，我差点扼杀了一个军事奇才！

11

正因为对国家的巨大贡献，在我往生当天，朝廷专门派人来追封王家列祖列宗。那次我病得很重，几度昏迷。但清醒的时候，看到全家人穿得那么素，我有点生气。我把守仁叫过来，叮嘱他说："小子，不管你给国家做了多大贡献，我们任何时候都不能失了礼节！"这是我一生对孩子们最后的要求。看到孩子们穿戴好朝廷新赐的盛装，齐刷刷跪着接旨的时候，我笑了。人生如此，夫复何求？

我活了七十六岁，一生的使命已经完成。状元、帝师，这些都不算什么。最令我骄傲的，就是守仁，一个有志气、有出息的孩子！我特别喜欢他写的一首诗，病中默念了很多次——

饥来吃饭倦时眠，只此修行玄更玄。
说与世人浑不信，却从身外觅神仙。

是不是很有禅味？是的，我开始喜欢上这孩子写的诗了，很有嚼头！

12

在我生命的最后一分钟，我清晰地记得，守仁紧紧地握着我的双手。那种感觉真好！

人生无疑是值得的！孩子，答应我——如果真有轮回，我们还做父子！

王阳明：五百年前，
与达·芬奇同时闪耀的中国人

在囚徒的印象中，他是最近一些年才火的，但火起来，就不可收拾。火到什么程度呢？一本新书，只要是写他的，不管写得怎么样，一般不会滞销，因为五百年来，对他感兴趣的人越来越多。他是离我们最近的一位圣贤，人们都认定，他的历史价值被严重低估了。

翻看他的资料后，我突然想起了一个人，这是个外国人，曾画出过有史以来最经典的作品：《最后的晚餐》《蒙娜丽莎》。估计你都猜出来了，达·芬奇。据说达老师是人类有史以来难得一见的天才，不仅在文艺、建筑、医学和解剖方面有贡献，还在武器发明、水利工程、人工智能等方面一展身手。这样的人，一般被人认为是穿越体质，因为太超前。他让你怀疑人生，人一辈子，怎么能这么成功的？

而今天登场的这位中国人，与达·芬奇同期（公元 1472 至 1519 年，共四十七年，两位天才共存于世）。当时，他们就像人类社会两颗最耀眼的星辰，闪耀在东西方。这个中国人，就是王阳明。

不少朋友早就说过，希望看到囚徒笔下的王阳明。一直没下笔。因为我一直迷惑不解：一个哲学天才，是如何跨界成为军事家的？中国历史上的儒士和诗人，数不胜数，大多数只会舞文弄墨，打起仗来，都不太灵光。典型者如文天祥，气节上震烁古今，诗文写得热血喷涌。在战场上他为国尽忠，但是可惜，屡战屡败，屡败屡战。只能说，隔行有如

王守仁容像

隔山，文武双全，实在太难。但王阳明同志是个另类，剿匪、平叛，难见一败。如果这样的成绩出现在岳飞、戚继光甚至李自成的履历里，是不足为奇的。要知道王阳明既非出生在军事之家，平常连土匪都没见过，这么能打，就很奇怪了。但是所谓牛人，是因为他们总能在自己不沾边的领域，做出令人惊讶的成绩。

王阳明五岁才会说话（跟囚徒一样），但正因为如此，他才有更多时间和机会关照自己的内心。那些口若悬河、语言表达系统过于发达的人，其实很难深刻地洞悉他人，把握时势。

……

明孝宗朱祐樘、明武宗朱厚照算是很幸运了，因为他们治下的大明，产生了王阳明这样的牛人。孝宗是一个很有理想的人，接班后做了不少事（"更新庶政，言路大开"），很多人看到了大明千秋万代有限责任公司的希望。要知道，之前的明英宗当权时，

奸佞遍地，后来连他自己都被北方少数民族瓦剌绑架并囚禁，由于北京方面相当不积极，故意不配合，瓦剌人差点撕票，史称"土木堡之变"，而这也是促成王阳明自学军事知识的最直接原因。

少年时的阳明，由于家学的熏陶，文化知识的学习自然不在话下。但可贵的是，他在求学的时候能够放眼天下，即根据时势的需要及时调整自己。他发现，当时的大明，读书人已显过剩，大家痴迷于八股文的比拼，此外再无其它追求。王阳明所思所想，与常人不同，他主动从旧知识分子的窠臼里跳了出来。他觉得，土木堡之变发生在大明建立第八十一年，对国家来说是一个严重的警告。所有同学都在为参加高考而努力，但他的心思跟其他人完全不同，他爱的是兵法，家里的兵书看完了，到各地书店买，再不行，就四处找人借。这也正常，毕竟他爸爸王华是明宪宗成化十七年辛丑科进士第一人，俗称"状元"。状元之子，当然不走寻常路。

王阳明平常最爱玩的游戏，叫作"皇者荣耀"——把同学们分成两拨，不断发起对攻，他自己做总导演，其乐无穷。一次课堂讨论，他跟老师有段很精彩的对话，这段对话应该载入史册。

王阳明："先生，天下如今最要紧的事是什么？"

老师："这还用问吗？当然是科举考试啊！只要学不死，就往死里学。"

王阳明："学生认为，非也。"

老师："扯淡！以后走上社会，不要说我是你的老师。"

王阳明："俺的意思是科举重要，但更重要的是通过读书成为一个圣人和贤者。"

老师和几乎所有同学："切……"

这次对话后，十五岁的王阳明更加坚定自己的理想。当年，他接连给履新的孝宗皇帝写了五封信，对治国平乱提出了自己的建议。只是，这些信都没有回音。如果说这个国家有一千万读书人，那给皇帝写信的人至少有十万，皇帝完全没有时间看。王阳明很失望，他利用暑假时间来到北方，走访了书本上才有的居庸关、山海关，一个月后回到浙江老家。这次出行，实际上是一次深入的社会调查（跟辛弃疾小时候常干的一样），对他的世界观产生了巨大震荡。后来他短时间内治理江西、广西匪乱，平定更难搞的宁王朱宸濠叛乱（同样在江西），一切的源头，应该追溯到他十五岁这一年。

（明）王阳明手书《记功碑》，庐山秀峰摩崖石刻

古人心事

刘备：关于摆摊的若干思考

囚徒是专写历史的，历史总是惊人相似。

现在最扬眉吐气的，当数摆地摊的朋友，感觉他们都要开香槟庆祝了。因为他们的地位，一下子从地下到了天上。就连我们这些看客，也很有摆地摊的欲望。设想一下，如果刘备看到我们摆地摊的讨论，估计他会忍不住，跟大家说下面这些话。

1

大家好，我是刘备，刘德华的刘，万物皆备于我的备。

我直接说吧，摆地摊绝对是地球上最古老也最光彩的事业了，比 shopping mall、大卖场的历史久远多了，就更不要说京东、阿里巴巴了。大商场和电商，实际上也是摆摊，凭什么能在网上摆摊，就不能当街摆摊？

摆摊就是对自我人生的直播，是一种伟大的行为主义，顺道也把钱挣了，一点也不难看。别问我为什么替摆摊的人讲话，大家可能不知道，我的第一份工作就是在河北涿州摆地摊卖草鞋。

那个时候，我才十岁多一点，摆地摊一直摆到了十五岁，没办法，父亲刘弘死得早，家里没有生活来源，好在母亲很会编草席和草鞋，每天一大早我就陪她去城东的菜市场摆地摊。有时候她身体不舒服，我就一个人去，别看我年纪小，算起账来毫不含糊。经过大数据分析，我发现路上的行人，大部分穿草鞋，少数人穿皮革鞋，极少数人有条件穿针织鞋，所以我们家做的最多的是草鞋，偶尔有点私人定制和贵宾专享。我们分工明确，母亲主管生产、销售和竞争策略，我分管物流供应链、公关宣传和消费人群分析，配合得一直很好。

2

我从小对学习没有兴趣，几次上学，几次辍学。我就喜欢做点小生意，通过生意喜欢结交朋友。我很有原则，面对客户，绝不多收一分钱，反而有时候还大幅让利，因为我知道，卖鞋重要，卖人情更重要。请注意，这一条非常关键，如果说我在历史上还有一席之地，还算有所作为，这条居功至伟。

说到摆地摊，不得不说城管。我们跟城管的关系很微妙，很多次城管来赶我走，我就悄悄塞给他们一点铜钱，遇到地痞流氓来收保护费，我就递烟给他们抽，都是最便宜的大公鸡牌，不值什么钱。而且我长得天生喜感，双耳垂肩，双手过膝，眼睛能看见耳朵，地痞流氓们喜欢跟我玩，我知道他们是同情我的长相，能从我这里找到优越感。其实城管也是苦命人，要靠地摊活着。我曾经到一个城管朋友家参加聚会，他家里的切糕、草席、活鱼、腊肠、砧板、烧烤架，应有尽有，堆得像小山一样，都是没收的。

3

不管狂风雨雪，我都坚持守摊，我真的很喜欢这种生活，清苦但自得其乐，这应该是一种小人物的快乐吧？我周围还有很多摆摊的，卖鱼的，卖肉的，卖药的，卖对联的，卖饮料的……甚至还有专门补裤裆的，他一年的利润率，说出来吓死人，比你们现在很多 A 股上市公司的业绩还好。我有点想不通，为什么那么多人喜欢补裤裆。

我们这些摆地摊的，就像游击队一样，跟天斗，跟地斗，跟城管斗，是城市里最旖旎的一道风景线。大概在公元 173 年左右，涿州换了新官员，忘记叫什么名字了，他的思想很解放，认为摆地摊不是小事，是一种环境自由宽松的表现，城市需要烟火气，又能解决失业率居高不下的问题，所以他很鼓励摆地摊，还发动了涿州首届"萌芽杯"十大地摊评选，我的草鞋摊位有幸获奖。

成为网红后，我的生意就更好了，一天能卖出上百双，我母亲很发愁，不得不到处招人，扩大生产规模。其实我们只想做小买卖，结果做成了大生意。我很感谢那一任涿州的官员，觉得从政是改变天下苍生的有效途径，也理解了人心就是最大的政治，这也是为什么后来我走上政坛的原因。

摆地摊对我一辈子有巨大影响，我学会了讨价还价，学会了随遇而安，学会了与社会的阴影相处。

4

很多事情到后来发生后，才会感激自己曾经的过往。我很庆幸自己是一个摆地摊卖草鞋的，我的爱情和生命都获益于斯。

知道后来东吴的孙尚香女士为什么对我死心塌地吗？里面当

然有政治的原因，但其实很多人不知道，尚香妹妹是一个女鞋控，她家里有上千双鞋。遗憾的是，从来没有一个家人亲手为她做鞋，也从来没有一个人像我那样，对鞋有那么深刻的理解。第一次约会，我就跟尚香讲，鞋是人类最美的语言，它默默无闻地被人类踩在脚下，无怨无悔，是我们最应该尊重的物件。

可以毫不夸张地讲，摆地摊卖卖鞋，是我见过的人类社会最动人的场景。

鞋还救了我的命。没有顾客的时候，闲极无聊，我会和小伙伴们比赛，看谁扔鞋扔得更远，我每次都是第一名。后来我跟关羽、张飞一起跟吕布干仗，也就是你们说的"三英战吕布"，吕老师特别能打，把我手里的刀都打飞了，情急之下，我掏出草鞋扔过去，正中他的方天画戟，震得他虎口生痛，哇哇乱叫，落荒而逃。真是台上一分钟，台下十年功啊！我后来能有关羽、张飞、赵云等同志的支持，能有诸葛亮先生的相助，其实这一切都源于我摆地摊的经历。

5

从摆地摊的经历中，我知道一个人想成事，就应该不怕失败，甘于等待。

当然，如果一个地方实在没有生意可做，就得换一个地方。要找到属于你的风口和流动性，千万不要在一棵树上吊死，这也是地摊哲学。后来有很多人邀请我一起创业，但我选择自己单干，不断获得融资，最后成了蜀汉皇帝，也是受益于这种思考。最简单最卑微的职业里，往往藏着人类的大智慧大境界，我们要用自己独有的姿势来生活。我要说的就这么多，其它的你们自己去体会吧。

如果一定要让我送给你们一句话，我想说，人间最好吃、最好玩、最好用的，全在地摊上。

曹操：公元 220 年新年献辞

每个人都要做一个发光体。

——公元 220 年新年献辞　曹操

尊敬的皇帝陛下，各位将士，各位军属，各位国际观察员：

今天是公元 220 年 1 月 1 日，风和日丽，阳光打到你们脸上，我相信也打到了你们心里。值此元旦佳节到来之际，我要以大汉丞相的身份，向大家致以节日的问候。我要郑重道一声：您们辛苦了！

首先我要跟大家汇报一下，按照《大汉 219 年度工作安排》，我们明确职能，精细分工，目前已经全面完成各项预定任务。这是一个很大的成绩，可喜可贺！过去的一年，我们注重效果优先，坚持多策并举，严明奖惩措施，各条战线上涌现出了很多可歌可泣的感人事迹。我们的英雄们，克服南方极端潮湿的天气，特别甜腻的饮食，还有数不清的车匪路霸，一天天向前挺进。这几天我一直在流泪，为你们，你们是这个时代最可爱的人！

让我们看一组数据：全年杀敌 322323 人，收缴各类物资 700

多万件，经劝说转化投诚 8 万多人，拒绝敌人现金贿赂 8000 多万元，美色诱惑 900 余人次。数据的背后，深藏着我们的精神。我觉得这些成绩的取得，主要得益于思想上高度重视，得益于科学有效的制度，得益于大汉精神的感召，得益于大家的身体力行。当然这个成绩的取得，更得益于广大百姓的积极配合，今天我们特别邀请了一些群众代表来到我们的现场，请允许我给你们鞠一躬。

(全场爆发热烈的掌声)

大家知道，过去我都是通过书面发言，来表达我的想法和期许。为什么今年我要办这个有几千人参加的 party 呢？原因很简单，近年来关于我的健康问题，国内外有很多传言。有人说我杀伐太多，每天晚上睡不着，搬了很多地方。有人说我破坏生态，砍了洛阳城郊的大梨树，就为了盖一个能睡着觉的别墅。真是笑话，我的睡眠不好，众所周知，但这是生理性的，不是心理性的。也就是说，我能跟自己糟糕的睡眠和谐相处，它是我的好朋友。还有人说现在的曹丞相只是一个替身，他其实早就死了，这更是一个让人笑掉大牙的谣言。事实上，经过我们的排查，发现这个谣言是从洛阳某小区传出来的，发帖人证实有东吴的背景，他舅舅的大伯的妹妹的初恋情人就是东吴的。这种以谣言搅动大汉舆论场从而达到某种不可告人目的的伎俩，是绝对不会得逞的。借此机会，我也要对东吴这种下三滥做法表示强烈的谴责。人看不到的地方，天在看。跟大家透露一下，现在我能吃、能睡，每天做 200 个俯卧撑，健康着呢！我的血压确实有点偏高，但这还不足以影响我的思考。我的心一直跟你们在一起，跟你们同呼吸，共命运。我从来不信命，只信自己的双手。我觉得我还可以跟大家去打 100 场硬仗！大家有没有信心？

"有~"

"有~~"

"有~~~"（全场发出惊天吼声）

对酒当歌，人生几何，譬如朝露，去日苦多。我们要抓住宝贵时间，迅速推进统一大业，以告慰牺牲将士们的魂灵，我们要用行动告诉他们，他们没有白死！

自从我曹孟德20岁被举为孝廉而后从军以来，到现在已经46年了，最初跟着我南征北战的人，现在已经所剩无几，这说明要实现一个宏伟的目标，总是要有牺牲的，是要付出很大代价的。欲得文明之幸福，必经文明之痛苦，这痛苦，便是流血，便是战争。但我欣喜地看到，每天都有很多新兵主动参军，加入到我们正义的事业，有的还写了血书。这让我看到了希望，它就在眼前。

过去的20年，我们统一了北方区域，曾被董卓、袁绍之流破坏的国民经济正得到恢复，社会秩序大有好转，犯罪率大幅降低，百姓幸福感飙升。现在任何一个城市的深夜，都可以看到晚归的市民，在露天喝酒的朋友，还有一起压马路的情侣，这在孙权和刘备控制的地方，是不可想象的。我们的文艺事业正为国家鼓掌与欢呼，建安学派广受欢迎，还涌现出了蔡文姬等一批优秀艺术家。

必须提一下，我们在南方战场经历过失利，特别是12年前的赤壁之战，主要责任在我，由于之前打得太顺利，我有些轻敌。但这些都是宝贵的财富，我很感谢大家对我工作的支持，并没有因为暂时的阻碍而非议我、否定我。我想，这是人与人之间最宝贵的东西，成功的最重要条件，那就是信任！

将士们，曙光在前。过完元旦，我们就又要奔赴战场了。我们不愿打仗，但该打的仗，我们一场也不落下。作为一名军人，我们绝不能死在温暖的卧榻之上，我们一定要死在战场上！让我们团结起来，每个人发一份光，添一份热！凡是阻挡我们正义事业的人，我们要让他们看不见明天的太阳！

华佗：给曹操当医生是什么感觉

　　各位朋友，大家晚上好，欢迎收看《古人面对面》第二十一期，今天我们请到的这位嘉宾，他是中国古代四大名医之一，是一代枭雄曹操的医生，是麻沸散（麻药）的发明者。现在让我们以热烈的掌声欢迎华佗老师登场。

故宫南薰殿旧藏华佗像

　　历史的囚徒：华神医你好，欢迎来到《古人面对面》，我们的节目开办两年，终于覆盖到了医疗领域。虽然医护节还有两个月才到，但请允许我代表本栏目，向你以及天下所有医护工作者表示诚挚的敬意！

华佗：主持人好，各位朋友好，我是华佗，很高兴参加这个节目。我觉得"古人面对面"最大的优点是，它能够把古人真正还原成人，不管他生前是善还是恶，是优秀还是普通，是帝王将相还是贩夫走卒，来到节目现场，他就是一个令人平视的"人"。

历史的囚徒：没想到华老师这么快就进入角色，本来我还想做一下铺垫和暖场，现在看来没有必要了，那我们就开始对话吧。

华佗：好的，你有问题尽管问。

历史的囚徒：首先想八卦一下，你小时候的成绩不错，为什么后来没有走仕途，而去做了一名医生？

华佗：以这个问题开始对话，真的挺好的。大家知道，我生在东汉末年，当时水旱成灾，疫病流行，名诗人王粲说："出门无所见，白骨蔽平原"，确实触目惊心。

华佗：由于遍地是军阀，谁兵多将广，谁就有话语权，你觉得文官还有什么出头之日吗？相比之下，我觉得大家需要身体上的照顾。虽然军阀们视人命如草芥，但每一个人的生命都值得尊重。

历史的囚徒：你年轻的时候游历过徐州（今江苏北部及安徽部分地区）、豫州（今河南南部及安徽部分地区）、兖州（今河南东北部及山东部分地区）等地，接触了各阶层的群众，那段经历给了你什么启示？

华佗：那段经历坚定了我从医的决心，试想一个人如果缺医少药，确实是很悲惨的，哪像你们现在，有医保，还有滴水筹等各种公益项目。

历史的囚徒：所以，我经常跟朋友说，华佗老师是冷漠乱世里的一股暖流。做医生没有那么容易，总是需要一定业务能力和思想境界。

华佗：当时倒没有想那么多，一个人最重要的是开心啦，为别人治病，我很开心。

历史的囚徒：曹操长什么样？

华佗：他身高七尺左右吧，细眼长髯，脸上皱纹很多，眼睛锐利得可以杀人。

历史的囚徒：我看资料中有一个姓顿的官员找你看病的故事？

华佗：那是个督邮（汉代基层监察官员），我在菜场遇到他，他说自己刚从医院出来，康复如初，我帮他诊了个脉，跟他说，你的病虽然好了，但元气还没恢复，一定要好好静养，千万不要跟女人同房。

历史的囚徒：后来呢？

华佗：后来他老婆从百里之外赶来看望他，当晚两人一番亲热，结果这个督邮三天后病发身亡。

历史的囚徒：这是什么道理，太玄了，能讲讲吗？

华佗：医学上的事，一两句讲不清楚。

历史的囚徒：后来慢慢你就出名了，与董奉、张仲景一起成为"建安三神医"。尤其是给关云长刮骨疗伤，突破了多个难关，填补了多个空白，引起海内外同行的一致好评。能说说那次手术的情况吗？

华佗：我很乐意回忆那段历史。有一年，我正在家里玩游戏，忽然有几个陌生士兵闯进来，我生气地问，你们怎么可以私闯民宅。其中一个胖胖的士兵比较冲，威胁我说，还民宅！信不信我烧了你这个茅草屋？另一个瘦高个出来打圆场，说他们领导受了伤，十万火急。

华佗：后来才知道他们领导叫关羽，中了敌人的毒箭，右边的胳膊都动不了，就像被砍掉了一样。经检查，发现关将军的毒已经进入骨头，再耽搁几个时辰，就只有截肢了。我问，你怕疼吗？他说不怕，我当场割开他胳膊上的肉皮，用尖刀把骨头上的毒刮干净。为了转移他的注意力，我让他跟别人下棋。

历史的囚徒：那次以后，天下都叫你神医了?!

华佗：与其说我是神医，不如说关云长是神人，天下能忍得住那种疼的，能有几个人呢？

历史的囚徒：你这种高水平的医生，一定很多人抢吧？

华佗：你说对了，那次刮毒成功后，关羽就找过我很多次，希望能去当军医，但是我拒绝了，我不想成为某个人的专属，我要为更广大的患者服务。

历史的囚徒：可是你最后还是成了曹操的医生？

华佗：这个，你不知道曹操是个什么样的人，为了让我答应他，耍了很多手段，我也是无可奈何。

历史的囚徒：具体有哪些计谋呢？

华佗：先是攀老乡，因为我跟他老家是一个地方的；后来又送礼，很多东西我根本没见过；然后又送来十多个年轻女子，说是照顾我的生活。当这些都不管用的时候，他就来粗的，绑架了我全家，说如果不答应他，就当众撕票。

历史的囚徒：这还真是曹操的作派哩。那你在他身边一共呆了多少年？

华佗：一共十一年五个月零三天。

历史的囚徒：记得真清楚，曹操的身体真的那么弱？

华佗：其实他的底子是很好的，可是因为他思虑太深，经常出差，熬夜加班，心脑肾功能都不太好，尤其是脑中风，里面有很多"风涎"，那才是要命的。

历史的囚徒：风涎就是我们现在说的脑部淤血吧？所以你提出要给他做开颅手术？就没想过风险？

华佗：是的，风涎就是脑部淤血。那个时候我已经研究出了麻沸散，开颅并不痛苦，我担心的是，他会怀疑我，毕竟这种手术听起来，就像天方夜谭。

历史的囚徒：麻沸散，世界史最早的麻醉剂？

华佗：对，就是你们现在说的麻醉药，主要成份是曼陀罗花一升，生草乌、全当归、香白芷、川芎各四钱，炒南星一钱。

历史的囚徒：记得媒体报道麻沸散的时候，汉献帝刘协很高兴啊，认为那是大汉医学领先于世界的标志。

华佗：可是他没实权啊，说了不算啊。

历史的囚徒：你在曹操身边呆了那么长时间，又号称外科圣手，外科鼻祖，是中国历史上手术"第一把刀"，他对你就没有基本的信任？

华佗：他本来是一个多疑的人，那么紧张我也可以理解，毕竟每个人的生命只有一次。

历史的囚徒：后来他把你关到监狱，你被屈打成招，承认有害他之心？

华佗：不存在的事，怎么能承认，如果我承认，不仅我没命，还会被诛九族。

历史的囚徒：不过我感觉你的医学太超前，曹操先是凭一根银针知道你的实力，可转眼你就要用利斧劈开他的脑袋，不得脑震荡也会颅内出血，这不是赤裸裸的谋杀吗？至少在无菌、止血方面都做不到。再说了，被劈开脑袋的曹操还是曹操本人吗？

华佗：这个……我只相信医学和自己的直觉。我知道术后康复是个问题。

历史的囚徒：曹操那个时候正急于打天下，简直不可想象他被抬在担架上指挥战斗，所以你对他还是不了解。

华佗：我是一个医生，不是心理学家。

历史的囚徒：有人说，当时医生被视为"贱业"，社会地位不高，所以你不想做医生，想去当作战参谋，曹操没答应，所以你想害他？还有人说，你很想回家，所以希望曹操早死？

华佗：扯淡！

历史的囚徒：那我来总结一下吧，一个极其多疑的曹操遇到了一个极其自信的华佗，是这样吧？

华佗：然也！

历史的囚徒：你知道曹冲生病的事情吗？

华佗：我是曹家的首席医疗官，我能不知道？

历史的囚徒：他得了什么怪病，那么年轻就夭折了？

华佗：具体什么病，其实我也没诊断出来，觉得应该是一种罕见的风热，入脑太深，所以……

历史的囚徒：为什么曹操会真的杀了你？很多人根本看不懂。

华佗：我本来是行医的，但医巫不分家，我对那些神秘的东西也略知一二。

历史的囚徒：具体是？

华佗：你有没有发现曹操活了六十五岁，但他那么多子孙很少活过四十岁？

历史的囚徒：这个家族是被诅咒了？

华佗：是的。

历史的囚徒：古代四大医生，你被曹操砍了，扁鹊被蔡桓公追杀……古代的医患纠纷也是很强了。

华佗：砍医生，是最不人道的。

历史的囚徒：我经常在想，你的《青囊经》失传，真的很遗憾，现在我们的医学已经很发达了，但总觉得缺点什么。

华佗：我在临死前把这部作品交付给狱卒金老头，告诉他，此书可救天下，可是他害怕得罪上头，不敢接受。我就直接用火烧掉了。

华佗：《青囊经》只说了三方面的内容，一是如何诊病，二是如何动手术，有两百多个偏方，三是如何做一个有医德的人。

历史的囚徒：是的，医德，我们现在就缺这个。

华佗：疾病是很可怕的，但跟疾病相比，更可怕的是人的冷漠和失德，一个医生如果心里没有爱，没有责任和担当，那简直是最大的悲哀。

历史的囚徒：最后想问一下，你创作的五禽戏真有那么厉害？

华佗：我告诉你一句真理，"圣人不治已病，治未病"，就是说凡是病，只能靠预防。我看现在很多人喜欢跳广场舞，其实健身效果是很有限的，真的不如去研究五禽戏。

历史的囚徒：再次感谢华老师，为我们再现了一千八百年前那段历史，我觉得有必要下次专门邀请你来教我们跳五禽戏。广大囚粉工作学习很辛苦，他们需要有个好身体。

华佗：可以！最后我为你们做个广告吧——要和古人混得熟，就看历史的囚徒！

范进自述：穷人不努力不挣扎，
会很快进入历史的下水道

编者按：这篇本来应该是古人访谈录系列的第六篇，但是范进先生说他不喜欢被提问，那有点像外企的面试，充满了答问的功利，让人莫名紧张。他再三强调，自己的记忆力和演讲能力都超好，所以他不需要主持人。自己的故事，他要自己讲给大家听，下面就是他的自述了。

我的家世

我叫范进，男，汉族，工作岗位：大明御史，山东学道（教育厅长）。信仰：皇上。哪年生不知道，哪年卒也不详，我没有什么靠山和背景，我们范家世代务农，屋后是连绵不绝的大山，屋前是一条静静流淌的小河，从小它们就是我的好伙伴，我和它们一起长大，谁说大自然没有语言能力，我就可以跟它们随意对话。它们待我不薄，"山含情，水含笑"。

我们家族繁衍到我父亲那一代，就不太想种田了，想挑战世

251

（明）仇英 绘《观榜图》局部

代务农的基因。看周围的小伙伴纷纷进城务工，我也想去，但是父亲不同意，他有更高的追求，想让我去参加科举考试，朝着吃皇粮努力。他找到村里的老秀才，交了几十块人民币，把我塞进了村里的扫盲班，还帮我买了几本新东方备考冲刺的真题大全。后世有很多人认为，我范进热衷于功名，说我是科举制度的殉道者，我不同意。我对诗词、对策论还是挺有感情的，我熟读唐诗三百首，宋词二百五，最爱的是李白和东坡。我像真正的读书人一样鼓励自己，"朝为田舍郎，暮登天子堂"，期待"十年窗下无人问，一朝成名天下知"，那是一种绝美的人生境界！

因为我们白庙村从来没有走出过一个读书人，人们都笑我太痴狂，我觉得他们腹中草莽。我决心要争口气，这跟你们前几天看的印度电影《摔跤吧，爸爸！》是不是有点像？我特别希望有导演和编剧把我的奋斗故事搬上大银幕，以此来纪念我一世卑微却屡次挣扎的父亲，电影名字就叫《考试吧，孩子！》可好？

我的考试

虽然我被寄予厚望，但从头到尾我都没有考试的天分，连续

252

二十多次乡试失败，二十多次啊，是个人都会变成鬼，不变成鬼至少也会崩溃。在我备考的过程中，大家都在看笑话，笑我田没种好，考也考不出什么名堂，连当个农民都不配。很多次，我背着书包经过农田，都感到自己坚持不下去了，认命，然后做一个真正的农民，不是也挺好吗？

如果考试这条路走不通，我这一辈子真算毁了。要知道我没有任何生活技能，有好几次，家里都揭不开锅了，我用求援乞讨的目光看着这个世界，却没有一个人愿意走过来安慰一下我，或者借一小袋米给我，哪怕给我一个温暖的眼神也好啊。我借了岳父家的鸡拿到菜场去卖，在鸡头上系了一根草，叫卖的时候就是喊不出声，结果两天都没卖出去，我的谋生能力是不是很low？

由于我坚持考考考，家人都被我连累了，他们几年都吃不到一次猪油，我身子本来就弱，由于常年伏案苦读，背有点佝偻，人也衰老得很快，干瘦干瘦的，一阵风都可以把我吹走。你们这些拼命减肥的人可能体会不到我的心情，白天哪会懂夜的黑？还有一次，因为误会，我在白庙村遭到村民的鄙视和毒打，那件事就不说了，说起来都是泪。长期的压抑让我的个性很沉闷，我默默地看着这个世界，以及形形色色的人，日子一天天地过去。

我的感情

我岳父胡屠夫特别看不起我，在他看来，我跟他刀下的死猪没什么两样，每次他辱骂我，歧视我，我都不停地点头，我觉得自己就应该被骂。有一次特别令人受不了，他吐了一口唾沫在我脸上，这是一个老屠夫的唾沫啊，我那次快要疯了。可是，有个事情到现在为止我都没想通，他既然这么看不起我，也不看好我的将来，他为什么把女儿嫁给我呢？难道仅仅是因为我的颜值高？

其实我在感情上还是有要求的，我最初看中了村头张地主家的三女儿，她有点小儿麻痹，行动迟缓，但长得清丽非常，我觉得她是世界上最耐看的女人。每次遇到，我都要行注目礼，但也仅此而已，人家根本不会注意到我的存在。回家后我一次次写她的名字，有时候感到绝望，都不想活了，想爱而不去爱，对我更是一种伤害。问世间情为何物，直教人生死相许。

这么卑微地活着，执着地考试，我觉得自己都应该改名字了，此后不叫范进，叫范贱。有一句名言，凡事就怕"认真"二字，我是一个认真而专心的人，既然上了考试这条贼船，我就要一直划，一直划，划到彼岸去。从二十岁到五十四岁，我考了一辈子。身边的聪明蛋，一次就考上了，即使是蠢蛋，一般三五次也能中，只有我像一颗卤蛋，一直不开窍。作为一个考试专业户，后来我们那一带，从十岁的童生到六十岁的进士都认识我，有很多对父子，跟我都是同学，你说我活得尴不尴尬，苦不苦逼？

我的中举

后来我终于中举了，中的第七名。"七"真是一个神奇的数字，七仙女在凡间人气最高，世界有七大洲，一周有七天，我最爱宝马7。《儒林外史》里描述我知道消息后，"往后一交跌倒，牙关咬紧，不省人事"，然后"爬将起来""拍着手大笑""飞跑"，这些都是真的，后来我还一脚踩到水塘里，"头发都跌散了，两手黄泥，淋淋漓漓一身的水"。这跟老来得子一样，是老天对我的眷顾。我高兴一下又怎么了？

我深刻地感受到了世态炎凉。以前在很多人眼里，我是"现世宝""穷鬼""烂忠厚没用的人"。中举以后，村民都改口叫我"范老爷"，七邻八乡奉承巴结的人接踵而至，有送田产的，有送店房的，还有败落户两口子双双来投奔为奴的。转瞬之间，田产、房屋、金钱粮米、银镶杯盘、细瓷碗盏、绫罗绸缎，乃至奴仆丫环，凡是富贵人家所有的东西，几乎是应有尽有了。当然，眨眼之间，我也无师自通地学会了摆官腔，虽然我还没有一官半职，但提前进入工作状态很重要。

可是我却变得空虚了，人生好像就是这样，得不到就痛苦，得到了就无聊？作为穷人，不努力不挣扎，只会快速进入历史的下水道，一点声响都没有，下水道里腥臭难忍，黑暗无比。追求过了，不管结果如何，也可以自慰，我的意思是在心理上自我安慰。

听说前几天高考吧里出现了"拜神帖"，这个"神"不是那些状元、榜眼、探花，也不是姜子牙、诸葛亮那样的高人，而是我——"活到老考到老"的范进。我觉得那是因为我更接地气，就像考生们身边的倒霉鬼。如果能给大家垫垫底，找找乐，我很愿意，现在的孩子们实在太不容易了。

自隋朝以来，参加科举考试的古人又何止千万，但那是古代，读书几乎是穷苦孩子出头的华山一条道，可是现在可以选择的路太多了，至少可以开网店，写公号，做直播啊。

结　语

我知道古人访谈录快结束时，上这个节目的人都要对观众来一句总结陈词。我想说，如果我范进生在今日，一定会参加高考，但有可能会故意考不上，因为我知道我考上了，必然有一个孩子考不上，我愿意牺牲我自己，成为伟大的分母。有人会说，你不是病了就是疯了。也许吧，这个世界上有无数类型的人，我就是这样一个人——历史上我已经疯了一次，也不在乎再来一回。

感谢大家花这么长时间来听我的故事，我的分享完了，再次感谢大家，感谢古人访谈录。

后 记

这几年，在写作这件事情上，我在坚持，也在经受考验。

历史写作是史实和自我感觉的杂糅，有时候会不着边际。

就我个人行文特点来说，极其跳跃。

并不是每个人都能接受。

感谢那么多知名不知名的读者，通过互联网和纸质书，我们的心居然有了灵犀。

你们的每一次点赞、推荐和转发，都把我往前推进了一步。

感谢长江文艺出版社的精心编辑，虽有疫情严重影响，此书仍然得以顺利出版。

感谢尔蒙小朋友，这套书以你的名字命名，这是我最大的精神支柱，也是我一直写下去的最大动力。

感谢我的家人能够忍受我的坏脾气，大多数时候我都在写作，忽略了很多丰富而有内涵的生活。

感谢曾经的几位领导，你们的肯定和鼓励，让我觉得这个世界上，还是有超越和超脱的东西在，它是我将来回忆的重点部分。

感谢易中天老师，蒙曼老师的推荐，感谢赵文卓老师、占豪老师、黄豆豆老师，你们没有嫌弃我的愚钝。

再次感谢！

2020 年 7 月 11 日